Die Wolf-Gäng

Das Buch zum Film

WOLFGANG HOHLBEIN
MARC HILLEFELD

DIE WOLF-GÄNG

DAS BUCH ZUM FILM

arsEdition
ENTERTAINMENT

Bibliografische Information der Deutschen Nationalbibliothek
Die Deutsche Nationalbibliothek verzeichnet diese Publikation in der Deutschen Nationalbibliografie; detaillierte bibliografische Daten sind im Internet über http://dnb.d-nb.de abrufbar.

MIX
Papier aus verantwortungsvollen Quellen
FSC® C014496
FSC
www.fsc.org

Text: Wolfgang Hohlbein, Marc Hillefeld
Lektorat: Dieter Winkler
Covergestaltung: Grafisches Atelier arsEdition, unter Verwendung des Logos von Daniel Nikoi Djanie und des Filmplakats © Sony Pictures Deutschland GmbH
Fotos: Carolin Ubl/Sony Pictures Entertainment Deutschland GmbH/Rat Pack Film

Basierend auf dem RatPack/DCP Filmproduktion-Kinofilm DIE WOLF-GÄNG Film
© 2020 Rat Pack Filmproduktion/Deutsche Columbia Pictures Filmproduktion/Sony Pictures
Regie: Tim Trageser
Wir danken der kompletten Film- und Produktionscrew sowie Produzent Christian Becker, der Rat Pack Filmproduktion und Sony Pictures Deutschland für die hervorragende Zusammenarbeit.

ISBN 978-3-8458-3498-6

www.arsedition.de

Jede Geschichte hat einen Anfang.
Unsere beginnt vor langer, langer Zeit, als die Kreaturen der Nacht lernten,
unerkannt unter uns Menschen zu leben.
Doch das Kapitel von Vlad Tepesz und seinen Freunden beginnt
erst viele Hundert Jahre später – als sich für Vlads Vater ein
lang gehegter Wunsch erfüllt: Endlich kann er Vlad auf eine ganz normale
Schule schicken.
Aber was ist schon normal … für einen Vampir?

Kapitel eins

Wald, Wald, Wald.

Vlad blickte schläfrig auf die Bäume, die in gleichmäßigem Rhythmus an ihm vorbeizogen. Er konnte sich ein Gähnen nicht verkneifen. Der schwarze Leichenwagen rollte jetzt schon seit einer gefühlten Ewigkeit über die einsame Waldstraße – wobei Straße eigentlich ein komplett unverdientes Kompliment war. Mutwillige Aneinanderreihung von Schlaglöchern traf es schon eher. Und bei jedem einzelnen Schlagloch ächzten die auf dem Dach festgezurrten Antiquitäten bedenklich.

Ein Wunder, dachte Vlad, dass sie die halsbrecherisch auf dem Wagendach befestigten alten Möbel, mittelalterlichen Skulpturen und antiken Waffen nicht unterwegs bereits verloren hatten. Jeder Polizist hätte das seltsame, völlig überladene Gefährt längst aus dem Verkehr gezogen – und Vlads Vater Barnabas wegen gemeingefährlicher Gefährdung des Straßenverkehrs wahrscheinlich gleich mit. Nur gab es hier keine Polizisten. Auch keinen Straßenverkehr. Es gab weit und breit keine Menschenseele. Wo, zur Fledermaus, lag denn dieses dämliche Crailsfelden?

»Achtung, Sie verlassen das erfasste Gebiet!«, quäkte die Stimme des Navis. »Bitte wenden!« Vlad hätte schwören können, dass das Gerät auch schon genervt klang. Vlads Vater, ein schlanker Mann mit blasser Haut, einer aristokratischen Nase und altmodisch zurückgekämmten Haaren, warf dem Navi einen tadelnden Blick zu.

»Diese Straße existiert auf keiner Karte! Bitte wenden!«

Vielleicht nicht die schlechteste Idee, dachte Vlad. »Bist du sicher, dass wir hier richtig sind, Dad? Wir fahren schon ewig durch diesen Wald.«

Barnabas Tepesz schenkte seinem Sohn einen kurzen Seitenblick. »Crailsfelden ist nicht so leicht zu finden, Vlad.« Ein stolzes Lächeln machte sich auf seinen blassen Lippen breit. »Sonst könnte ja jeder kommen.«

Bevor Vlad etwas erwidern konnte, fühlte sich das Navi am Armaturenbrett angesprochen. »Keine Einträge zu *Crailsfelden* vorhanden«, verkündete die Stimme mit einer Spur von Genugtuung.

»Jetzt hör mal zu, du nörgelnde Navi-Nervensäge«, knurrte Vlads Vater das Navi an, »Crailsfelden ist seit über 700 Jahren der Sitz der berühmten Penner-Akademie! Einer der berühmtesten magischen Schulen der Welt!«

»Tut mir leid. Ich habe Sie nicht verstanden«, erwiderte das Gerät.

Vlad atmete durch und musste an den Morgen vor knapp zwei Wochen denken, als plötzlich dieser Brief mit dem kunstvoll gestalteten Siegel vor der Haustür gelegen hatte. Er hatte sich gewundert, wer mitten in der Nacht Briefe zustellte. Aber sein Vater hatte das fette Siegel auf dem Umschlag hektisch gebrochen, den Inhalt des Briefes in Windeseile überflogen und dann – wortwörtlich – einen Luftsprung vor Freude gemacht. Was, fand Vlad, bei einem über 400 Jahre alten Mann ziemlich albern aussah. Auch wenn sein Vater für sein Alter noch gut in Form war.

»Die Penner wollen dich!«, hatte Barnabas gerufen – was sich in Vlads Ohren jetzt nicht unbedingt wie ein Kompliment anhörte. Sein Vater sah das jedoch anders und platzte seitdem fast vor Stolz. Und damit war Vlads altes Leben (streng genommen sein einziges, denn wie viele Leben konnte ein Dreizehnjähriger schon gehabt haben?) komplett auf den Kopf gestellt worden. Seine Schule, seine Freunde, der Fußballverein, das alte Haus mit dem Antiquitätengeschäft, in dem Vlad aufgewachsen war … all das war jetzt Vergangenheit.

Vlads Vater hatte Hals über Kopf ihren Laden verkauft und in Crailsfelden, dem stolzen Sitz der Penner-Akademie, ein neues Haus gekauft, ohne es überhaupt vorher gesehen zu haben.

So lag Vlads Zukunft nun in einer Stadt, von der er noch nie etwas gehört hatte. Und in einer Schule mit dem wenig verheißungsvollen Namen Penner-Akademie.

Vlad atmete tief durch. Wie so häufig, wenn er nervös oder unsicher war, wanderten seine Finger zu dem blutroten Kristall, den er als Anhänger um seinen Hals trug. Er rieb über die glatte Oberfläche des Kristalls, die sich auf seiner kühlen Haut angenehm warm anfühlte. Wie gewohnt beruhigte es Vlad, diese Wärme zu spüren.

»Dad, was mache ich denn, wenn ich zu schlecht für diese Penner-Akademie bin? So toll sind meine Noten doch gar nicht.«

Das war nicht ganz falsch. In Mathe war Vlad zwar ziemlich gut. In Sport auch. Beides lag seiner Familie … nun ja, es lag wohl im Blut, hätte man sagen können. Aber die restlichen Noten waren eher Durchschnitt plus.

Barnabas schenkte seinem Sohn ein zuversichtliches Lächeln. »Die haben eben dein Potenzial erkannt.« Er nahm die rechte Hand vom

Lenker und ballte sie erwartungsvoll zur Faust. »Glaub mir, das wird …«

Vlad musste lächeln und klatschte seine Faust gegen die seines Vaters.

»… das wird super!«, riefen beide gleichzeitig. Barnabas voller Zuversicht – und Vlad mit einem kleinen Zweifel in der Stimme, von dem er hoffte, dass sein Vater ihn nicht heraushören würde.

Vlad blickte wieder auf die vorbeiziehenden Bäume. »Wo liegt denn nun dieses Crailsfelden?«

Barnabas grinste trotz seiner 400 Jahre wie ein Kind.

»Ich fürchte, am Arsch der Welt.«

»Okay! Suche den Arsch der Welt!«, quäkte das Navi voller Tatendrang.

Vlad und Barnabas prusteten vor Lachen, während der Leichenwagen über die Waldstraße rollte und die gespenstischen Schwaden des Abendnebels hinter ihm aufwirbelte.

* * *

Vlad musste kurz eingenickt sein. Als er die Augen wieder aufschlug, stand der Leichenwagen mitten auf einer uralten Steinbrücke, die sich über einem merkwürdig brodelnden Fluss erstreckte. Das mürrische Quaken eines Frosches und das leise Tickern des abkühlenden Motors waren die einzigen Geräusche.

Vlad blickte verwirrt aus dem Fenster. »Was ist denn? Warum halten wir?«

»Wir müssen uns anmelden«, sagte Barnabas und trommelte mit den Fingern unruhig aufs Lenkrad.

»Bei wem denn? Hier ist doch keiner?« Vlad blickte sich verwundert nach allen Seiten um – und zuckte erschrocken zusammen, als es plötzlich direkt neben seinem Kopf an die Scheibe klopfte. Neben dem Fenster stand ein zerlumpter älterer Mann mit strähnigem Haar, runzligem Gesicht und einer riesigen Nase. Er beugte sich zum Fenster hinunter und starrte Vlad mit durchdringenden Augen an.

Nein, erkannte Vlad, der Mann beugte sich nicht freiwillig zum Wagen herab – es war ein riesiger, unförmiger Buckel auf dem Rücken des Fremden, der ihn zu dieser Haltung zwang.

Der Mann machte eine ungeduldig kreisende Handbewegung, die keinen Widerspruch duldete. Fenster runter!

Vlad warf seinem Vater einen unsicheren Blick zu, aber Barnabas nickte nur. Vlad kurbelte eilig die Scheibe herunter – und bereute es im gleichen Augenblick. Der Bucklige roch aus dem Mund wie ein toter Fisch, der ein paar Tage in der Sonne gelegen hatte. Oder ein paar Wochen.

Vlad zuckte unwillkürlich zurück, als sich der Fremde tiefer durch das Fenster beugte. »Wohin des Wegs zu später Stund?«, knurrte er. Den modrigen Gestank, der aus dem Mund des Buckligen herausquoll, als Mundgeruch zu bezeichnen, wäre gewesen, als hätte man einen tropischen Hurrikan als laues Lüftchen bezeichnet.

Vlad drehte den Kopf weg und konnte ein Würgen gerade noch unterdrücken.

»Guten Abend, wir sind die Neuen«, sagte Vlads Vater freundlich – der hatte auch gut lächeln, mit einem halben Meter Sicherheitsabstand zum Mundgeruch des Verderbens, dachte Vlad.

»Barnabas und Vlad Tepesz. Wir …«

Der Bucklige schnitt Vlads Vater das Wort ab. »Dooookumente«, knurrte er, als ob er das Wort absichtlich in die Länge ziehen würde, um das Innere des Wagens vollständig mit dem Gestank aus seinem Rachen fluten zu können.

»Äh, sicher ... Moment.« Barnabas begann damit, umständlich eine speckige Ledertasche hinter dem Sitz hervorzukramen. Er zog eine uralte Pergamentrolle voller Siegel und Eintragungen heraus und versuchte, sie zu entrollen, was in der Enge des Wagens nicht so einfach war.

Der Bucklige nutzte die Zeit, um sich noch tiefer in den Wagen hineinzulehnen. Mit einem durchdringenden Blick betrachtete er Vlad. Und stutzte.

»Duuuuu bist das also?«

Eine neue Geruchsoffensive. Vlad hielt den Atem an und versuchte gleichzeitig zu sprechen. »Was meinen Sie?«

Der Bucklige zog ein uraltes, in Leder gebundenes Buch aus der Tasche seines zerlumpten Mantels. Mit dicken, schmutzigen Fingern blätterte er es zielsicher auf und begann, daraus zu rezitieren:

»Wenn die Zeit sich rückwärts dreht,
das Unheil hoch am Himmel steht:
Einer wird kommen,
drei werden's werden,
von Narren sich zu wandeln
in stille Helden,
die dem Teufel entreißen
das Schicksal von Crailsfelden.«

Vlad blickte den Buckligen komplett überrumpelt an. Was zum Teufel wollte der Typ von ihm?!

»Ich hab's!«

Auf dem Fahrersitz hatte es Vlads Vater endlich geschafft, die Pergamentrolle zu entrollen. Stolz wollte er dem Buckligen die entsprechenden Siegel präsentieren, aber der klappte nur geräuschvoll sein Buch zu, ließ es wieder in der Manteltasche verschwinden und gab mit einer beiläufigen Handbewegung den Weg über die Brücke frei. »Willkommen in Crailsfelden«, sagte er in einem Tonfall, der eher das Gegenteil aussagte. Etwas eingeschnappt knüllte Vlads Vater die Pergamentrolle wieder zusammen und startete den Motor.

»Ja, äh … danke. Schönen Abend noch«, murrte Barnabas und fuhr weiter. Sekunden später hatte der Wagen die Brücke überquert.

Vlad war dankbar für die frische Luft, die durch das offene Fenster in den Wagen strömte. Er blickte über den Außenspiegel auf den buckligen Mann, der auf seiner Brücke stand und ihnen mürrisch und misstrauisch hinterherschaute.

»Was hatte der Typ denn für ein Problem?«, fragte Vlad kopfschüttelnd. Wenn hier alle so seltsam drauf waren, dann gute Nacht.

Barnabas winkte nur ab und lächelte zufrieden. »Keine Ahnung. Vielleicht wird man ein bisschen wunderlich, wenn man tausend Jahre lang ganz allein eine Brücke bewachen muss … aber das ist ja jetzt egal.«

Vor ihnen lichtete sich der Wald und Barnabas deutete auf das altmodische Ortschild vor ihnen. Es zeigte die stilisierte Abbildung eines mittelalterlichen Städtchens. In geschwungener Schrift stand darüber:

Crailsfelden
Einwohner 3611

Der Leichenwagen fuhr daran vorbei, und Vlad hätte schwören können, dass er aus den Augenwinkeln gerade noch sehen konnte, wie die Einwohnerzahl sich ganz von selbst im selben Moment veränderte:

Crailsfelden
Einwohner 3613

»Wir sind da!«, rief Barnabas glücklich und einen Augenblick später stimmte das Navi freudig ein:

»Sie haben den Arsch der Welt erreicht!«

Kapitel zwei

Der Leichenwagen rumpelte über das Kopfsteinpflaster einer Gasse, die wohl so etwas wie die Hauptstraße von Crailsfelden darstellen sollte. Links und rechts säumten alte Fachwerkgebäude den Weg, die auch in einem Freilichtmuseum hätten stehen können. In der milden Abendsonne war einiges los auf den Straßen und etliche kleine Cafés und Restaurants hatten in froher Erwartung eines warmen Spätsommerabends Tische und Stühle herausgestellt.

Vlad runzelte die Stirn, als ihm im Vorbeifahren die vielen Plakate auffielen, die überall an den gusseisernen Laternenpfählen hingen: Ein eleganter, wenn auch selbst für Crailsfelden altmodisch gekleideter Mann mit einem Ziegenbärtchen lächelte gütig von den Plakaten herab.

»Sonnenfinsternis-Spektakel in Crailsfelden!« stand in großen Lettern auf dem Plakat. »Große Feier auf dem Rathausplatz! Ihr Bürgermeister Louis Ziffer.«

Klar, die Sonnenfinsternis – in seiner alten Schule fand auch ein Fest zu diesem Anlass statt. Vlad hatte sich schon darauf gefreut, aber das war, bevor der Brief von dieser Penner-Akademie ins Haus geflattert war. Auf den Bürgersteigen flanierten gut gelaunte Crailsfeldener über das Kopfsteinpflaster. Ein ganz normaler Spätsommerabend in einer ganz normalen Kleinstadt.

Oder zumindest fast normal: Die wenigen Autos, die ihnen jetzt entgegenkamen, waren ausnahmslos uralte Modelle, die mindestens 50 Jahre oder mehr auf dem Buckel haben mussten und trotzdem aussahen, als wären sie frisch aus der Werkstatt gerollt. Und nicht nur das – auch die Passanten trugen Klamotten, die vielleicht Mitte des letzten Jahrhunderts in Mode waren: Einige der Frauen, die Vlad sah, trugen Röcke und schräg sitzende Kappen, ein paar Männer altmodisch geschnittene Anzüge und Hüte. Und das Abendlicht tauchte die am Wagen vorbeiziehende Stadt in warme, etwas zu strahlende Farben, die Vlad unwillkürlich an die uralten Filme denken ließ, die manchmal an verregneten Sonntagen im Fernsehen liefen.

Ein furchtbarer Gedanke überkam ihn. Vlad zog sein Handy aus der Tasche und blickte auf das Display. Vier Empfangsbalken. Gott sei Dank – das sah hier vielleicht aus wie aus einem Film des letzten Jahrhunderts, aber wenigstens gab es Internet!

In diesem Augenblick sauste direkt vor dem Leichenwagen etwas quer über die Straße. Barnabas, der immer noch fasziniert aus dem Fenster blickte und die wildfremden Passanten im Vorbeifahren mit einem freundlichen Nicken grüßte, sah den Mann auf dem Rad im allerletzten Moment: ein Fahrradkurier mit Helm und einem Rucksack auf dem Rücken. Der Kurier sah alles andere als altmodisch aus und auf seinem modernen Rennrad war er schneller unterwegs als die meisten der gemütlich dahinrollenden Autos.

»Hey!«, rief Barnabas und konnte das Steuer gerade noch herumreißen, um eine Kollision zu vermeiden.

»Sitzt im Leichenwagen und fährt wie ein Henker!«, rief der Fahrradkurier empört. »Was soll das werden? Neue Kunden ranschaffen?!«

Barnabas machte eine entschuldigende Geste und fuhr weiter. Der Leichenwagen rollte am Marktplatz vorbei und Vlads Blick fiel auf den hoch aufragenden Turm in der Mitte des Platzes. Das düstere Gemäuer wirkte, als hätte jemand ein noch viel älteres Bauwerk mitten in das Herz der gemütlichen Altstadt gerammt.

Wie aufs Stichwort schlug die riesige Uhr an der Spitze des Turms an und Vlad konnte den tiefen, dumpfen Nachhall in seinem Bauch spüren.

»Beeindruckend, oder?«

Barnabas beugte sich zu Vlads Seite und blickte an der Steinfassade des Turms hoch. Steinerne Dämonenfiguren – die nannte man wohl *Gargoyles* – blickten unbeweglich und lauernd auf die Stadt hinab.

»Das Rathaus von Crailsfelden. Es gibt sogar eine Ballade darüber, vom berühmten Heimatdichter Alraun von Götze«, dozierte Barnabas und hob dann seine Stimme an, um das Gedicht vorzutragen. Natürlich auswendig: »Wenn Crailsfeldens Rathaus dreizehn schlägt …«

Vlad hörte gar nicht weiter zu, denn in diesem Augenblick fiel der Schatten des Rathausturms auf den Wagen und verdeckte für einen Moment die Abendsonne. Sofort wurde es kühler, und umso deutlicher spürte Vlad die Wärme, die von seinem Kristallanhänger ausging. Vlad nahm den Blutsplitter in seine Hand. War das eine Sinnestäuschung oder … glühte der Anhänger plötzlich auf?!

»Dad?«

Vlad blickte von dem Kristall zu Barnabas auf. Im selben Augenblick sah er, wie etwas Großes auf den Leichenwagen zuschlingerte.

Der Fahrradkurier!

»Dad! Pass auf!«

Barnabas stieg in die Bremsen. Zentimeter vor dem Kurier kam das Fahrzeug zum Stehen. Der Mann in der Radlerhose stürzte trotzdem zu Boden, und das schmerzhaft tief, denn statt vom Sattel eines modernen Rennrads war er auf einem uralten Hochrad über die Straße geeiert!

Vlad und Barnabas stiegen erschrocken aus dem Wagen. Während Vlads Vater dem fassungslosen Mann wieder auf die Beine half, blickte dieser auf das antike Fortbewegungsmittel, das jetzt auf dem Kopfsteinpflaster lag.

»Mein … mein Fahrrad!«, stammelte der Kurier.

Vlads Vater begutachtete das Hochrad mit einem fachmännischen Nicken. »Hm-hm … ein schönes Stück. Baujahr 1877, würde ich sagen.«

Der Kurier blickte Barnabas fassungslos an, während sich am Straßenrand bereits eine kleine Gruppe von Schaulustigen versammelte. Vlad ging mit gesenktem Kopf zur Rückseite des Leichenwagens, um ein paar kleinere Antiquitäten aufzusammeln, die sich durch den plötzlichen Ruck vom Dach gelöst hatten.

Kaum hatte Vlad sich gebückt, um eine antike kleine Statue aufzuheben, herrschte ihn eine strenge Stimme an: »Was ist denn hier los?!«

Vor Vlad stand ein etwas gedrungener Mann in einer altmodischen Polizeiuniform. Unter seiner Nase prangte ein dicker, schwarzer Walrossschnurrbart, so als hätte er durch die buschigen Augenbrauen noch nicht genug pelzige, horizontale Linien im Gesicht gehabt. Der Polizist blickte Vlad streng von oben herab an. Dabei streckte er seine Brust so weit heraus, dass Vlad das kleine Namensschild an der Uniform des Mannes fast entgegensprang.

»Schnappauf« stand auf dem Schildchen, gefolgt von der wirren Buchstabenkombination *ObWchtMst*, was wahrscheinlich *Oberwachtmeister* heißen sollte.

Vlad stand auf und versuchte zu erklären, was er selbst nicht verstand. »Da war dieser Fahrradkurier auf seinem Bike, und plötzlich …«

Vlad brach erschrocken ab, als der Kristallanhänger an seinem Hals plötzlich regelrecht heiß wurde. Im selben Augenblick gab der Wachtmeister einen erstaunten Laut von sich und fasste sich an den Kopf …

… wo statt der sowieso schon altmodischen Uniformkappe urplötzlich eine uralte Pickelhaube thronte!

»Was zum Kuckuck …?! Findest du das etwa lustig, Junge?«

Vlad schüttelte entschieden den Kopf. »Nein! Ich habe doch überhaupt nichts …«

»Kaum in der Stadt und schon Zauberstreiche im Sinn, was? Bist du überhaupt schon in der Siebten?«

Vlad schüttelte den Kopf und wusste gar nicht, was er darauf erwidern sollte, als sein Vater zusammen mit dem Fahrradkurier um den Leichenwagen herumkam. Barnabas stellte sich schützend vor seinen Sohn. »Herr Wachtmeister, er ist einfach vor unser Auto gerollt«, sagte Barnabas und deutete auf den immer noch verdatterten Kurier. »Wir können gar nichts dafür!«

»Ich auch nicht!«, rief der Kurier und zeigte seinerseits auf das antike Hochrad. »Mein Bike hat sich plötzlich in dieses … Ding verwandelt!«

Wachtmeister Schnappauf legte seine Stirn in strenge Falten. »Entfernen Sie diesen … Schrott sofort von der öffentlichen Straße! Und Sie …«, fügte er an Barnabas gewandt hinzu, »weiterfahren!«

Barnabas nickte. »Komm, Vlad, es ist ja nichts passiert.«

Vlad öffnete die Beifahrertür, und als er einsteigen wollte, funkelte Wachtmeister Schnappauf ihn noch einmal mahnend an: »Ich behalte dich im Auge, Freundchen.«

Vlad schluckte und stieg ein.

Wachtmeister Schnappauf scheuchte die Schaulustigen zur Seite und Barnabas gab vorsichtig Gas. Vlad schüttelte den Kopf. Das fing ja gut an. Wenigstens konnte es nicht schlimmer werden.

Doch mit dem Schlimmerwerden ist das so eine Sache. Wenn es einmal anfängt …

Barnabas hielt kurz darauf vor einem uralten, völlig windschiefen Fachwerkhaus. Die Fenster im ersten Stock schimmerten trüb im Abendlicht, die großen Schaufensterscheiben des Ladenlokals im ersten Stock waren mit vergilbten Zeitungen verklebt.

»Dad, echt?!«, fragte Vlad fassungslos. »Die Bude steht doch nur noch aus Gewohnheit!«

Barnabas dagegen strahlte über das ganze Gesicht, während er in der schmalen Gasse nach einer Parkmöglichkeit für den langen Leichenwagen suchte. »Ach was, das wird super! Ein paar Eimer Farbe und alles ist wie neu! Ah, da geht's …«

Barnabas steuerte den Leichenwagen auf eine schmale Parklücke zwischen zwei anderen Wagen zu und begann, am Lenkrad zu kurbeln. »Dad, das schaffst du nie«, warf Vlad skeptisch ein. Die Parklücke war maximal genauso breit, wie der Leichenwagen lang war.

Barnabas wandte sich Vlad zu und ein provozierendes Lächeln zog sich über sein Gesicht. »Oh doch, junger Mann! Schon vergessen, was für einen tollen Trick ich auf Lager habe …?«

Nein! Vlad ahnte, was jetzt kam. Er schüttelte den Kopf. »Bitte nicht …!«

»Oh doch«, lachte Barnabas. »Zeit für den einzigartigen *Nosfahrückwärts*-Sensor!«

Barnabas drehte sich über die Rücklehne nach hinten und stieß ein anhaltendes, seltsam klickerndes Geräusch aus. Es klang ein wenig wie schnelles, hohes Delfinklickern auf Helium. Und sehr, sehr peinlich.

Vlad rutschte so tief in den Beifahrersitz, wie er nur konnte. Hoffentlich beobachtete sie jetzt niemand!

Barnabas klickerte weiter und lauschte, wie die von ihm ausgestoßenen Ultraschallrufe zurückgeworfen wurden. Wie beim Orientierungssystem einer Fledermaus wurde das reflektierte Klickern schneller, je mehr sich der Leichenwagen dem anderen Wagen rückwärts näherte.

Warum können wir keine Einparkhilfe haben wie andere auch, dachte Vlad, während Barnabas den Wagen auf diese Weise recht elegant in die Parklücke bugsierte … bis seine Ultraschallrufe plötzlich in einem heiseren Krächzen endeten.

Der Leichenwagen stieß gegen die Stoßstange des anderen Wagens und einen Moment später polterten wieder ein paar Antiquitäten auf das Kopfsteinpflaster.

»Ups. Bin wohl ein bisschen heiser«, räusperte sich Barnabas. »Egal, hilfst du mir beim Ausladen … äh, Aufsammeln?«

Alte Scharniere quietschten protestierend und eine Staubwolke wirbelte auf, als Barnabas kurz darauf mit zwei Umzugskisten beladen die Tür des Hauses aufstieß. Vlad folgte ihm und blickte sich um: Alles war verstaubt und wurmstichig; die schiefen Holzregale an der Wand sahen aus, als würden sie schon zusammenbrechen, wenn man nur zu lange hinguckte.

Was für ein trauriger Anblick.

Barnabas schien das anders zu sehen: Schwungvoll riss er ein paar der Zeitungen von den Fenstern. Ein Lichtstrahl ließ den aufwirbelnden Staub tanzen.

»Perfekt! Einfach perfekt!«, rief er und rannte aufgeregt gestikulierend durch den Laden. »Da hängen wir das Schwert des Agamemnon hin und da in die Ecke das Fernrohr des Thehut und …«

Vlad hatte fast ein schlechtes Gewissen, dass er die Aufregung seines Vaters nicht teilen konnte. Jedenfalls nicht *diese* Art von Aufregung.

»… und da drüben richte ich eine Sitzecke mit dem Goldenen Vlies ein und … Vlad? Alles okay?«

Vlad nickte unsicher. »Es ist nur … du freust dich so, aber … was ist, wenn ich mich morgen total blamiere und mich zum Deppen mache, an dieser Elite-Schule?«

Barnabas schnaufte tief durch, legte seine Arme um Vlad und drückte ihn tröstend an sich.

»Vlad, die hätten dich nicht genommen, wenn sie nicht an dich glauben würden. Du wirst bestimmt bald neue Freunde finden, die genauso sind wie du.«

Barnabas löste die Umarmung und reckte Vlad auffordernd die Faust entgegen. »Das wird …«

»… super.« Vlad rammte seine Faust gegen die seines Vaters. Aber ganz überzeugt war er davon nicht. Irgendwie hatte er ein ganz mieses Gefühl …

Kapitel drei

Ein paar Stunden später, als Vlad schon müde und erschöpft von der langen Anreise in seinem neuen Bett schlief, war sein Vater noch unermüdlich damit beschäftigt, Umzugskisten auszupacken. Erst als er ein sorgsam in Seidenpapier gewickeltes, gerahmtes Foto aus einer Kiste zog, ließ er sich auf einen antiken Holzstuhl fallen und atmete tief durch. Das Bild zeigte das Porträt einer attraktiven blonden Frau, die liebevoll in die Kamera lächelte. Julia, Vlads Mutter. An ihrem Hals schimmerte ein blutroter Kristallanhänger – der Blutsplitter, den jetzt Vlad trug.

»Morgen ist Vlads großer Tag, Julia«, sagte Barnabas leise zu dem Bild. »Ich wünschte, du könntest auch dabei sein …«

Barnabas überlegte kurz, dann stand er auf und ging mit dem Bild in der Hand die knarrende Holztreppe hinauf. Er öffnete so leise es ging die Tür zu Vlads Zimmer.

Vlad hatte den Blutsplitter zum Schlafen auf eine kleine Nachtkommode neben dem Bett abgelegt. Mondlicht fiel durch das halb offene Fenster und brachte die Facetten des Kristalls zum Schimmern.

»Ich bin für uns beide stolz«, flüsterte Barnabas dem Bild seiner viel zu früh verstorbenen Frau zu.

Barnabas gab dem Foto einen Luftkuss und stellte es neben dem Kristall auf die Kommode. Mit einem liebevollen Lächeln zog er Vlad die Decke über die Schultern. Dann schlich er wieder aus dem Raum und ging leise in den Laden herunter.

Doch etwas stimmte nicht mehr. Das warme Licht der alten, staubigen Lampen wirkte plötzlich kühl und fahl. Und warum war es plötzlich so kalt?

Barnabas fuhr erschrocken herum, als er aus den Augenwinkeln die Gestalt bemerkte, die auf einmal im Laden stand. Ein älterer, hagerer Mann mit einem zerfurchten Gesicht, blauen Lippen und kalten Augen. Barnabas stieß vor Schreck einen unterdrückten Schrei aus. Mit einem deutlich vernehmbaren *Bomf* löste er sich in Luft auf, um sofort am anderen Ende des Ladens wieder zu erscheinen – eine alte Fluchttaktik von Vampiren und in Situationen wie diesen überaus praktisch.

Als Vampir musste Barnabas nicht unbedingt atmen – trotzdem blieb ihm die Luft weg, als er sich den Eindringling genauer ansah. Der Fremde war eingehüllt in einen langen, dunklen Mantel und trug eine alte, schartige Sense in einer Hand.

Ein blasses Gesicht, eine dunkle Kutte und eine Sense – das stand in der Welt der übernatürlichen Wesen für eine der beiden gnadenlosen Mächte, der niemand entkommen konnte.

Der Tod.

Oder …

»Rübezahl. Kassen- und Steueramt«, stellte sich der fahle Mann mit monotoner Stimme vor.

»Steuern?«, schluckte Barnabas.

Der Steuereintreiber hob seine Sense und drückte sie dem verdutzten Barnabas in die Hand. »Halten Sie mal.« Dann zog er eine Liste aus dem Mantel. Eine sehr, sehr lange Liste.

»Sie schulden uns Anmeldegebühren. Erwerbsteuer. Grundsteuer. Einkommensteuer …«, begann der Steuereintreiber aufzuzählen. Seine Stimme klang rau und kalt, als würden eine Handvoll Kieselsteine über eine Eisfläche kullern.

»Einkommensteuer?«, krächzte Barnabas und deutete in den nicht einmal halb eingerichteten Laden. »Ich habe doch noch nicht mal aufgemacht!«

»Umsatzsteuer. Schulbeitrag. Müllfressergebühren. Und ja nicht zu vergessen: Kindergeld.«

»Kindergeld?! Kriegt man das denn nicht?«

»Nicht bei uns«, erwiderte der Steuereintreiber ungerührt. Dann nahm er Barnabas seine Sense wieder aus der Hand und drückte ihm stattdessen die Schuldliste hinein. »Sie haben eine Zahlungsfrist von sieben Tagen. Ansonsten erfolgt die Pfändung. Und Sie müssen Crailsfelden verlassen.«

»Das … das können Sie doch nicht machen!«, protestierte Barnabas. Der Umzug und der Kauf des neuen Ladens hatten fast die gesamten Ersparnisse der letzten zweihundert Jahre verschlungen. Wenn sie Crailsfelden jetzt wieder verlassen mussten, standen sie vor dem Nichts!

Der Steuereintreiber zuckte mit den mageren Schultern. »Beschwerden können Sie von 8 Uhr bis 8:13 Uhr im Rathaus vorbringen.«

Barnabas blickte kopfschüttelnd auf die Schuldenliste. Als er wieder hochsah, war der Steuereintreiber so spurlos verschwunden, wie er aufgetaucht war.

Barnabas ließ sich auf einen antiken Holzstuhl fallen und schnaufte tief und ratlos durch.

Kapitel vier

Vlad hatte unruhig geschlafen. Für seinen ersten Schultag und die Aufnahme in die siebte Klasse hatte er sich zur Feier des Tages sein Lieblings-Kapuzenshirt angezogen (schwarz, wie streng genommen alle Kapuzenshirts von Vlad) und stieg nun etwas nervös die alte Holztreppe herab.

Schon bevor er den Laden betrat, hörte Vlad das Rattern einer altmodischen Rechenmaschine. Er runzelte die Stirn, als er seinen Vater sah, der mit konzentriertem Blick Zahlen in die Maschine eintippte und Ergebnisse notierte.

Dem Blätterstapel auf dem Tisch zufolge, machte er das schon sehr lange. Vampire waren normalerweise traditionell sehr gut im Zusammenzählen – bei manchen war das sogar ein regelrechter Tick. Wenn sein Vater eine Rechenmaschine zum Addieren brauchte, dann musste es um ganz schön große Zahlen gehen.

»Dad? Warst du die ganze Nacht wach?«

Barnabas blickte auf und lächelte. Gleichzeitig schob er die Papiere zur Seite, damit Vlad keinen Blick daraufwerfen konnte. »Ach, das ist nur Buchhaltung und so ein Kram.«

Barnabas schnaufte durch und klatschte tatendurstig in die Hände. »Bereit für den großen Tag?«

»Ich weiß nicht«, erwiderte Vlad unsicher und erwischte sich dabei, dass er mit den Fingern nervös über den Kristall an seinem Hals rieb.

Barnabas stand auf und legte seinem Sohn voller Stolz die Hand auf die Schulter. »Na komm, gehen wir. Die frühe Fledermaus fängt den Wurm!«

Vlad seufzte.

* * *

Eine kurze Leichenwagenfahrt später hielt Vlads Vater vor dem Schulgebäude der Penner-Akademie. Wobei es eher ein Schloss war als das, was man sich gewöhnlich unter einer Schule vorstellte: in Würde verwitterte Mauern, Buntglasfenster mit Motiven aus Magic- und Zaubereigeschichte, sogar ein kleiner Turm, der sich bleistiftspitz und stolz in den Morgenhimmel reckte.

Vlad stieg aus und blickte beeindruckt auf seine neue Schule. So nervös, wie er ohnehin schon war, hätte die Penner-Akademie von ihm aus ruhig etwas *weniger* beeindruckend sein können.

Er blickte zurück auf seinen Vater, der keine Anstalten machte, ebenfalls auszusteigen.

»Vlad, ich muss noch mal kurz weg«, sagte Barnabas vom Fahrersitz aus. »Ins Rathaus. Eine Klitzekleinigkeit klären.«

Vlad spürte, wie ihm gleichzeitig heiß und kalt wurde. »Du kommst nicht mit?«

»Ich bin rechtzeitig zurück, okay? Versprochen. Das würde ich mir um nichts in der Welt entgehen lassen.«

Vlad blickte auf den Schulhof

Er zögerte kurz und ging dann allein los.

Für die älteren und jüngeren Schüler, die heute nicht in die siebte Klasse kamen, war es ein ganz normaler erster Schultag nach den Ferien. Die Jüngeren tobten herum, die Älteren standen möglichst lässig im Schatten des ehrwürdigen Gemäuers und tauschten ihre Ferienerlebnisse aus. Etwa ein Dutzend Schüler in Vlads Alter hatte sich mit zum Teil festlich gekleideten Eltern bereits vor dem Eingang versammelt.

Vlad war sich noch unschlüssig darüber, was er jetzt tun sollte, als sich die Menge vor ihm plötzlich teilte. Drei Jungs, alle vielleicht ein oder zwei Jahre älter als Vlad, drängten sich ohne Rücksicht auf Verluste durch die anderen Schüler. An der Spitze ein Junge mit einer spießigen blonden Haartolle und einem pickligen Gesicht. Er hatte sich einen teuren Markenpullover lässig über die Schultern geknotet und rief seinen beiden Freunden etwas zu.

Einer der Jungs war etwas pummelig und schnaufte beim Laufen … und sah aus wie ein Schwein! Nicht im Sinne einer Beleidigung … der füllige, schnaufende Junge hatte ein rundes Gesicht, in dessen Mitte statt einer Nase tatsächlich ein kleiner, rosiger Schweinerüssel prangte.

Der Junge mit dem Schweinegesicht drängte einen jüngeren Mitschüler zur Seite und gab dadurch den Blick auf den Dritten im Bunde frei: einen gut aussehenden, schlanken Jungen mit blonden, fast weißen Haaren und einem stechenden Blick.

Die drei liefen im Zickzack weiter, wobei sie lachend einen Gegenstand zwischen sich hin und her warfen.

»Hey! Gebt das zurück!«

Der Junge, der das rief, war mager und mindestens zwei Köpfe kleiner als die drei. Er hatte lange rötliche Haare, ein mit Sommersprossen überzogenes Gesicht und trug eine für sein schmales Gesicht viel zu große, runde Brille. Und er keuchte erbärmlich.

Der Junge mit dem weißen Haar, offensichtlich der Anführer der Dreierbande, warf den Gegenstand zu dem Jungen mit der Schweinenase weiter. Unerreichbar für den rothaarigen Jungen, der sich verzweifelt danach reckte.

Jetzt konnte Vlad sehen, dass es ein Inhalator war, wie ihn Leute mit Atemproblemen oder Asthma benutzten.

»Hey, Olli! Fang!«, rief der Junge mit dem Pullover um die Schultern.

Der Junge mit dem Schweinerüssel schnappte den Inhalator aus der Luft und wollte ihn an den gut aussehenden dritten Jungen weiterwerfen. Doch er schleuderte ihn ungeschickt und mit viel zu viel Schwung, sodass der Inhalator unerreichbar hoch durch die Luft segelte, auf dem Boden aufschlug … und einem Mädchen direkt vor die Füße rutschte.

Das Mädchen war blond und lässig-elegant gekleidet. Doch das Faszinierendste waren seine spitz zulaufenden Ohren – und die ungeheure positive Energie, die es förmlich auszustrahlen schien. Vlad konnte gar nicht anders, als das blonde Mädchen gebannt anzustarren, während es selbstbewusst aus der Mitte von zwei gleichaltrigen Freundinnen heraustrat.

Das Mädchen hob den Inhalator auf und warf ihn dem rothaarigen Jungen lässig zu.

»Danke!«, keuchte der Rothaarige. Er nahm einen tiefen Zug aus dem Inhalator, während Vlad die Luft anhielt und beobachtete, wie das Mädchen furchtlos auf die drei älteren Jungs zutrat.

Was sollte er jetzt tun? Sollte er sich einmischen und dem Mädchen helfen? Auch die beiden hübschen Freundinnen standen nur da und machten keine Anstalten einzugreifen.

Was, wie sich zeigte, auch nicht nötig war.

»Drei gegen einen?«, lächelte das blonde Mädchen provozierend, während es vor den Jungen mit dem pickligen Gesicht trat. »Wow! Ihr werdet ja immer mutiger.«

Für einen langen Augenblick war es still. Alle anderen Schüler im Umkreis starrten gespannt herüber.

Erst sah es so aus, als wollte der picklige Junge auf das Mädchen losgehen. Doch er war den Blicken der anderen Schüler ausgesetzt. Mit seinen beiden Freunden auf ein jüngeres Mädchen einzuprügeln, wäre kaum ein Zeichen von Stärke gewesen. Im Gegenteil.

Der Junge schien das zu kapieren, ballte nur wütend die Fäuste und setzte dann einen bemüht abfälligen Blick auf.

»Los, gehen wir rein«, sagte er zu seinen beiden Freunden. »Da gibt's bestimmt was zu lachen.«

Die beiden anderen murmelten ihre Zustimmung und zogen mit ihrem Anführer ab. Der blasse Junge rempelte den Rothaarigen im Vorbeigehen absichtlich an. »Wir sehen uns, Fellbüschel.«

Klick.

»778 gute Taten!«, rief eine der beiden Freundinnen des blonden Mädchens. Sie hatte einen mechanischen Handzähler herausgezogen und ihn aufklicken lassen. Die andere Freundin jubelte.

»Elfen helfen«, sagte das blonde Mädchen nur, nickte dem Rothaarigen beiläufig zu und zog mit den anderen beiden kichernden Mädchen ab, als ob nichts gewesen wäre.

Der rothaarige Junge, jetzt wieder einigermaßen normal atmend, trat an Vlads Seite.

»Wer sind die?«, fragte Vlad, den drei hübschen Mädchen hinterherblickend.

»Pickelgesicht, Schweinebacke und Hackfresse.«

»Was?!«

»Ach so, ich dachte, du meinst die Schweinebande. Nein, das waren Faye und ihre Freundinnen.«

»Fee?«, fragte Vlad nach.

»Faye. F-A-Y-E«, buchstabierte der Junge. Dann räusperte er sich. »Ich bin übrigens Wolf«, sagte er und nahm einen kräftigen Zug aus dem Inhalator.

Vlad blickte auf den schmächtigen Jungen mit den Sommersprossen, der mindestens einen Kopf kleiner war als er.

Wolf war nun wirklich der letzte Name, der zu dem dünnen Spargeltarzan passte. Aber wenigstens schien er nett zu sein.

»Nur, dass du es weißt«, sagte Wolf und richtete sich zu voller Größe auf. Was nicht viel war. »Ich hätte mir die drei natürlich auch selbst vorgeknöpft. Aber dann hätte es vielleicht Verletzte gegeben, und so …«

Vlad musste sich ein Lächeln verkneifen.

»Ist klar.«

Wolf blickte nervös auf seine Armbanduhr, auf der eine Cartoonfigur mit ihren Armen die Uhrzeit anzeigte. »Wir müssen erst mal rein. Es geht gleich los! Kommst du?«

Vlad ließ sich von Wolf in Richtung Eingang drängen und schaute sich dabei suchend nach seinem Vater um.

Wo bleibst du denn, Dad?, dachte er.

Kapitel fünf

Wie sich herausstellte, beherbergte das düstere Rathaus von Crailsfelden im Erdgeschoss auch die kleine Polizeiwache des Städtchens. Nach einem eher unerfreulichen Wiedersehen mit Wachtmeister Schnappauf, der Barnabas mürrisch den Weg gewiesen hatte, stand Vlads Vater nun an der Tür zum Vorzimmer des Bürgermeisters.

Er klopfte. Eine weibliche Stimme sagte »Herein!« und Barnabas öffnete die schwere Holztür. Das Zimmer dahinter sah aus wie jede andere Amtsstube auf der Welt. Vielleicht ein wenig größer und altmodischer eingerichtet als üblich. Nur der große Computermonitor auf dem Schreibtisch passte nicht zu der restlichen Einrichtung des Büros.

Eine Frau blickte hinter dem Monitor hervor. »Ja, bitte? Kann ich Ihnen helfen?«, fragte sie in einem Tonfall, der eher danach klang, als würde sie alles andere lieber tun als das.

Barnabas räusperte sich und begann damit, die Liste des Steuereintreibers aus seinem Mantel zu ziehen. »Äh, guten Morgen. Tepesz mein Name. Es geht um eine Steuerbeschwerde … Ich …«

Barnabas stockte. Erst jetzt kam er dazu, die Frau hinter dem Computermonitor anzusehen. Sie war vielleicht Ende zwanzig und sehr hübsch … abgesehen von der wirklich riesigen, knorrigen Nase. Ein hervorstechendes Merkmal, hätte man sagen können. So lang und spitz stach das Nasengebälk aus dem Gesicht der Frau hervor, dass man ihr lieber nicht zu nahe kommen wollte, aus Angst, sich ein Auge auszustechen.

Die Frau, ein Namensschildchen auf dem Schreibtisch wies sie als *Frau Circemeyer* aus, blickte Barnabas ungeduldig an. Er wandte seinen Blick mühsam von der Nase ab. »Also, es geht um diese Gebühren«, sagte er und kämpfte mit der schier endlosen Liste, die sich in seinem Mantel verfangen hatte. »Und diese Steuern und das Kindergeld und …«

Barnabas gab den Kampf mit der Schuldenliste auf und blickte Frau Circemeyer bedauernd an. »Also, äh … ich kann das nicht zahlen!«, sagte er entschlossen.

Frau Circemeyer blickte ihn missbilligend an und Barnabas wich unwillkürlich einen Schritt zurück. »Also, nicht sofort. Ich könnte es vielleicht …«

Frau Circemeyer stand auf und ging auf Barnabas zu. Er spürte, wie ihn sein Mut verließ. »Ich könnte es vielleicht in Zahlen raten, äh … in Raten zahlen. Also irgendwie ab-st-stottern?«

Frau Circemeyer schüttelte bedauernd den Kopf. »Mein lieber Herr Tepesz, jeder neue Bürger von Crailsfelden muss seinen Beitrag für unsere kleine Gemeinde leisten. Falls Sie das nicht können …«

Frau Circemeyer schritt zu einer riesigen, uralten Weltkarte an der Wand. Stecknadeln auf allen Kontinenten markierten stilisiert eingezeichnete Städte: Schlösser, Burgen, Schlumpfhäuser, Kuppelstädte unter Wasser und noch Dutzende weitere.

»Sie wissen ja, es gibt noch viele weitere magische Städte wie Crailsfelden«, sagte Frau Circemeyer in belehrendem Tonfall. »Die meisten sogar überirdisch. Vielleicht finden Sie ja dort Ihr Glück?«

»Sie wollen uns gleich wieder rauswerfen? Wir sind doch gerade erst angekommen!«

Frau Circemeyer blickte Barnabas an und runzelte nachdenklich die Stirn. »Vielleicht haben Sie ja etwas, das Sie kurzfristig zu Geld machen können?«

Barnabas schluckte. »Ich habe natürlich meine Antiquitäten, aber …«

Frau Circemeyer winkte ab. »Ich habe gehört, Sie sind im Besitz eines ganz besonderen antiken Stücks …«

Barnabas runzelte die Stirn. Was meinte sie?

»Klein. Rot. Spitz«, lächelte Frau Circemeyer. »Und sehr praktisch, um es um den Hals zu tragen …«

Barnabas blickte fassungslos auf die Sekretärin des Bürgermeisters. »Sie meinen … den Blutsplitter?!«

* * *

Vlad rieb seine Finger nervös um den Blutsplitter, während er Wolf durch den Hallengang der Penner-Akademie folgte. Es roch nach Bohnerwachs und Kreidestaub wie in jeder Schule der Welt.

»Gleich werden wir Siebener«, plapperte Wolf aufgeregt, während er Vlad in Richtung einer Menschentraube zerrte. »Wie cool ist das denn? Mein Papa hat mich schon seit Monaten darauf vorbereitet!«

Speichel tropfte von Wolfs Mundwinkel herunter.

»Äh, Wolf? Du sabberst.«

Wolf wischte sich wenig appetitlich mit dem Handrücken über den Mund.

»Sorry. Ich bin so aufgeregt. Du nicht? Ist okay, wenn du nervös bist«, plapperte Wolf weiter. »Du kannst dich ja neben mich setzen. Ich passe schon auf dich auf. Ich bin ja bald ein …«

»Wolfi!«

Eine stattliche Frau mit breiten Hüften, einem freundlich-runden Gesicht und einem mütterlichen Lächeln winkte Wolf fröhlich zu.

Der Mann an ihrer Seite hatte rotes, langes Haar, das direkt in einen struppigen, ebenso roten Bart überging. Sein ganzes Erscheinungsbild hatte etwas Wildes und Ungezähmtes an sich. Man konnte sich vorstellen, was für eine Mühe (und Überwindung) es ihn gekostet haben musste, sich in einen Anzug zu zwängen.

»Trude!«, tadelte er die Frau an seiner Seite. »Jetzt nenn denn Jungen doch nicht *Wolfi*! Er ist jetzt erwachsen!«

Mit einem animalischen Grinsen packte der Mann Wolf und kraulte ihn derb hinter dem Ohr.

Vlad beobachtete etwas peinlich berührt, wie Wolf stolz lächelte und unwillkürlich mit dem Fuß über den Boden scharrte.

Vlad wusste nicht genau, was er tun sollte, als sein Blick auf das blonde Mädchen fiel. Faye.

Sie stand ein paar Meter weiter, an der Seite von zwei schlanken, hochgewachsenen und elegant gekleideten Gestalten, deren Ohren ebenfalls so spitz zuliefen wie die von Faye. Eindeutig Fayes Vater und Mutter. Gerade als Vlad zu ihnen blickte, schaute auch Faye auf. Vlads Blick kreuzte sich ganz kurz mit dem von Faye – und beide blickten schnell wieder weg.

Da deutete Wolf auch schon stolz auf Vlad.

»Und das ist, äh, Vlad. Mein neuer Freund.«

Etwas verdutzt, als ob das etwas noch nie Dagewesenes gewesen wäre, blickten Wolfs Eltern Vlad an. Dann streckten beide die Köpfe etwas vor, um an ihm schnuppern zu können. Zum Glück ertönte in diesem Augenblick die Schulglocke.

»Es geht los! Es geht los!«, rief Wolf so aufgeregt, dass er sogar seinen neuen Freund darüber vergaß. Alles setzte sich in Bewegung. Nach ein paar Sekunden stand Vlad allein im Flur und fingerte nervös an seinem Kristallanhänger. Was jetzt? Wenn sein Vater nicht bald kam, war es zu spät.

* * *

Barnabas stand in diesem Augenblick immer noch vor Frau Circemeyer. »Ich kann Ihnen den Blutsplitter nicht verkaufen«, sagte er mit Nachdruck. »Der Blutsplitter ist seit Generationen in Familienbesitz. Außerdem …«

DONG.

Barnabas kam nicht dazu, den Satz zu Ende zu sprechen. Die große Uhr im Turm des Rathauses schlug an. Der tiefe, dunkle Ton ging Barnabas durch Mark und Bein. Kaum war der Nachhall des einsamen Glockenschlags verklungen, stand plötzlich ein Mann hinter Barnabas. Sein altmodischer, schwerer schwarzer Anzug rauchte ein wenig und ein Geruch nach Schwefel hing in der Luft. Der Mann, er mochte etwa fünfzig Jahre alt sein, hatte volles Haar und einen perfekt gestutzten Kinnbart, unter dem ein elegantes gefaltetes Halstuch geknotet war. Er schenkte Barnabas ein wohlwollendes Lächeln und kam ein paar Schritte auf ihn zu. Dabei zog er das linke Bein ein wenig nach und stützte sich auf einen Spazierstock, als dessen Knauf ein silberner Widderkopf mit gebogenen Hörnern diente.

Barnabas erkannte den Mann wieder: Sein gütig lächelndes Gesicht prangte auf den Hunderten von Plakaten, mit denen der Bürgermeister der Stadt für das bevorstehende Sonnenfinsternis-Spektakel warb.

»Guten Morgen«, sagte der Bürgermeister mit sonorer Stimme und nickte Barnabas höflich zu, bevor er sich an Frau Circemeyer wandte. »Gibt es hier ein Problem?«

»Es müsste kein Problem geben, Herr Bürgermeister, wenn Herr Tepesz bereit wäre, ein klitzekleines Opfer dafür zu bringen, in Crailsfelden bleiben zu können.«

Dann beugte sich Frau Circemeyer zum Bürgermeister. »Steuerschulden«, tuschelte sie ihm vertraulich zu. Aber laut genug, damit Barnabas es auch auf alle Fälle hörte. Bürgermeister Ziffer lächelte nachsichtig und griff nach Barnabas' Hand, um sie zu schütteln.

»Verstehe«, nickte er. »Nun, erst einmal willkommen in Crailsfelden, mein Gutester. Ich kann mir vorstellen, was Sie für Ausgaben haben: Umzugskosten, neue Anschaffungen, das Begrüßungsgeld …«

»Begrüßungsgeld?«, fragte Barnabas fassungslos.

Frau Circemeyer nickte. »Klar. Müssen Sie auch zahlen.«

»Das sind natürlich alles erhebliche Kosten. Aber …«, Bürgermeister Ziffer machte eine ausladende Handbewegung, als würde er die Lösung für alle von Barnabas' Problemen aus dem Ärmel zaubern, »… ich wäre bereit, Ihnen ein hübsches Sümmchen für den Blutsplitter zu zahlen.«

Barnabas seufzte innerlich auf. Warum waren hier eigentlich alle so wild auf den Blutsplitter?

»Herr Bürgermeister, selbst wenn ich Ihnen den Blutsplitter verkaufen wollte – ich könnte es nicht. Er gehört meinem Sohn!«

Frau Circemeyer runzelte die Stirn. »Ach was …«

»Der Blutsplitter gehörte meiner verstorbenen Frau, Herr Bürgermeister«, erklärte Barnabas. »Vlad würde sich nie davon trennen.«

Frau Circemeyer verzog das Gesicht. »Ist ja rührend.«

Barnabas schnaufte durch. »Wir sind wirklich froh, dass wir nach Crailsfelden eingeladen wurden. Aber wenn wir es uns nicht leisten können, müssen wir eben wieder …«

»Na, na, na.« Bürgermeister Ziffer hob sanft tadelnd den Zeigefinger. »Kein Wort mehr«, sagte er gütig. »Es gibt doch nun wirklich Wichtigeres als Steuern. Wir werden da einen Weg finden, mein Gutester.«

Frau Circemeyer blickte auf ihren Chef und wollte protestieren. Aber der Bürgermeister brachte sie mit einem strengen Blick zum Schweigen, bevor sie überhaupt etwas sagen konnte. »Wir klären das … ein anderes Mal«, knurrte er in ihre Richtung.

Barnabas war erleichtert. »Danke, Herr Bürgermeister. Dann muss ich jetzt aber auch wirklich los. Mein Sohn kommt heute in die siebte Klasse!«

Barnabas wollte eilig zur Tür, aber er kam nur zwei Schritte weit, bis Bürgermeister Ziffer ihm den Weg abschnitt.

»Halt!«

Dann lächelte Ziffer und ging zu einem lebensgroßen Pappaufsteller, der ihn selbst darstellte. Der Bürgermeister nahm zwei dunkel getönte Pappbrillen aus einem Display des Aufstellers und drückte sie Barnabas in die Hand. »Für Sie. Und Ihren Sohn. Übermorgen findet auf dem Crailsfeldener Rathausplatz das große Sonnenfinsternis-Spektakel statt. Das sollten Sie nicht verpassen.«

Barnabas bedankte sich und verließ schnell das Büro, bevor dem Bürgermeister oder Frau Circemeyer noch irgendetwas einfiel.

Ziffer lächelte Barnabas noch einen Augenblick hinterher. Als die schwere Turmuhr erneut unheildrohend anschlug, verhallte Ziffers Lächeln zusammen mit dem Echo des Glockenschlags.

»Dann eben auf die harte Tour«, knurrte er, das Gesicht eine hassverzerrte Fratze. »Mein Gutester.«

Kapitel sechs

Der zottelige Organist ließ seine zwanzig Finger zu einem furiosen Finale über die Tasten wirbeln und beendete sein Stück mit einem feierlichen Schlussakkord. Das Publikum applaudierte höflich. Sicherlich fünfzig oder sechzig Elternpaare saßen mit ihren Sprösslingen in der imposanten Aula der Penner-Akademie. Durch die Buntglasscheiben fiel strahlendes Sonnenlicht auf scheinbar normale Menschen, Wesen mit Kürbisköpfen, Geschöpfen mit Fühlern auf der Stirn oder zotteligen Pelzgesichtern.

Vlad, der das Ganze durch die einen Spaltbreit geöffnete Tür zum Flur beobachtete, hatte noch nie so viele übernatürliche Wesen auf einem Haufen gesehen. Streng genommen hatte er, aufgewachsen unter Menschen, noch nie ein anderes Nachtwesen gesehen – außer seinem Vater natürlich. Er schluckte. Gehörte er wirklich hierhin?

Vlad ließ seinen Blick durch das Publikum schweifen und entdeckte Wolf, der neben sich einen Platz frei gelassen hatte, als wollte er diese Frage damit beantworten. Aber was sollte er jetzt tun? Einfach allein hineingehen, als ob nichts wäre?

In diesem Augenblick betrat eine ältere, sehr elegant gekleidete Dame die Bühne. Das Getuschel im Publikum verstummte sofort, ohne dass die Dame etwas sagen musste. Kein Zweifel, das musste Direktorin Penner sein. Vlad war immer davon ausgegangen, dass jemand, der Penner hieß, ein Mann sein musste, aber alles in Crailsfelden schien darauf aus zu sein, seine Erwartungen zu widerlegen.

Direktorin Penner ließ ihren Blick durch das totenstille Publikum gleiten, als würde sie jeden einzelnen neuen Siebener genau mustern. Einen Augenblick glaubte Vlad, den Blick der Direktorin auch auf sich zu spüren. Unwillkürlich zog er seinen Kopf ein Stück aus dem Türspalt zurück.

Dann wich der strenge Blick der Direktorin einem sanften Lächeln. »Die Sieben, liebe Schülerinnen und Schüler«, hob sie zu ihrer Begrüßungsrede an, »die Sieben war schon immer eine magische Zahl. Schon die alten Alchemisten wussten, dass die Sieben die Zahl des Neubeginns ist, des Übergangs und der Transformation.«

Das Publikum lauschte gespannt. Nur die drei Mitglieder der *Schweinebande* – Michael *Hackfresse*, Oliver *Schweinebacke* und Jürgen *Pickelgesicht* – saßen feixend und betont gelangweilt in einer der hinteren Reihen.

»Nicht umsonst beginnt immer nach sieben Tagen eine neue Woche. Und so wie es die sieben Weltwunder gibt, gibt es nun euch: die neuen Siebener.«

»Wohl eher die sieben Zwerge«, flüsterte Pickelgesicht absichtlich so laut, dass es für das Publikum gut hörbar war. Schweinebacke lachte grunzend und ein paar Eltern blickten missbilligend. Direktorin Penner fuhr unbeirrt mit ihrer Ansprache fort. Vlad hörte nicht mehr hin. Immer wieder blickte er in den Gang, aber von seinem Vater war nach wie vor nichts zu sehen.

»Dad, wo bleibst du denn?«, flüsterte Vlad zu sich selbst.

»Dein Vater kommt bestimmt noch. Aber du solltest dir die Eröffnungsrede nicht entgehen lassen, junger Meister Tepesz.«

Vlad fuhr erschrocken herum. Hinter ihm stand plötzlich ein etwas gedrungener Mann in einem grauen Kittel. In der Hand trug er einen schartigen alten Reisbesen, im Gesicht ein verschmitztes Lächeln über dem etwas zauseligen Vollbart.

»Mein Name ist Hannappel«, sagte er und ließ den Besen los, der von selbst stehen blieb. »Und du solltest jetzt wirklich reingehen. Glaub mir, das willst du nicht verpassen.«

Vlad hatte den Mann, der sich Hannappel nannte, zwar noch nie zuvor gesehen, aber irgendetwas im Lächeln des Mannes im grauen Kittel flößte ihm Vertrauen ein.

Vlad atmete noch einmal durch, dann schlüpfte er durch den Türspalt in die Aula.

Von der Bühne aus warf Direktorin Penner einen leicht missbilligenden Blick auf Vlad, der geduckt zur ersten Reihe huschte, wo Wolf strahlend auf den freien Platz neben ihm deutete.

Vlad setzte sich so leise wie möglich, gerade noch rechtzeitig zu Direktorin Penners Schlussworten: »Der Eintritt in die siebte Klasse, meine lieben Schülerinnen und Schüler, steht für den Beginn eurer ganz eigenen Erfahrungsreise, sei sie nun nach innen oder nach außen gerichtet. Euer siebtes Schuljahr ist das magische Jahr, in dem ihr das Vermächtnis eurer Familien übernehmen werdet.«

Die Direktorin legte eine kurze Pause ein und ließ ihren Blick über die aufgeregten Kinder und stolzen Eltern im Publikum schweifen. Dann zog sie einen kleinen Zettel aus der Tasche und las die Namen der neuen Siebener ab, die daraufhin einer nach dem anderen aufstanden und unter dem Applaus des Publikums die Bühne betraten: »Ich bitte die Schülerinnen und Schüler der neuen siebten Klasse nach vorn: Julia Astral, Bernd Arkobal, Nesrin Dschinnìya, Stefan Hauptlos, Indra Wyrbél, Karim Lasdas, Daniel Husor, Zirbel Kalar, Faye LeMagne, Undine Mull …«

Neben Vlad trommelte Wolf aufgeregt mit einem Fuß auf den Boden. »Jetzt!«, flüsterte er.

»… Vlad Tepesz, Wolf Wermann und Fabian Somby!«

Wolf sprang auf und warf Vlad einen auffordernden Blick zu. Vlad erhob sich etwas unsicher und ging mit Wolf zusammen zur Bühne. Wolf blickte ins Publikum, wo seine Eltern ihm voller Stolz zunickten.

Von Vlads Vater dagegen – noch immer keine Spur.

Im grellen Rampenlicht der Bühne warf Vlad einen kurzen Blick auf Faye, während Direktorin Penner mit einer schwungvollen Geste auf das Holzpult vor ihr deutete. Wie aus dem Nichts erschien ein uraltes, in dunkles Leder gebundenes Buch. Direktorin Penner schlug es mit sicherer Hand an der richtigen Seite auf und begann damit, eine Zauberformel abzulesen.

»Mein Zauber bringt dich an den Tag!
Verborgenes: Zeig dein Gesicht!
Was lange schon im Dunkel lag,
die Zeit ist da:
Trau dich ans Licht!
Salamandra!«

Vlad – und alle anderen im Saal – hielten den Atem an.

Und es passierte ... erst mal gar nichts!

Vlad blickte sich fragend um. War der Zauber nach hinten losgegangen? Nervöses Gemurmel und fragende Blicke aus dem Publikum. Und plötzlich wurde die Tür aufgestoßen.

Ein abgehetzter, atemloser Barnabas stürmte in den Saal und blickte in die Stille.

»Hab ich was verpasst?!«

Und genau in diesem Moment passierte es: Ein ohnehin schon eher blasses Mädchen, das direkt neben Vlad stand, wurde immer blasser. Bis es endlich komplett durchscheinend war – wie ein Geist.

Applaus und stolze Rufe aus dem Publikum.

Dann ging es Schlag auf Schlag: Um die Arme eines anderen Mädchens wickelten sich plötzlich ganz von selbst Bandagen aus weißem Stoff, bis es von oben bis unten darin eingehüllt war wie eine Mumie. Ein blonder Junge am Rand der Bühne wechselte seine Gesichtsfarbe, die sich dem Hintergrund des roten Vorhangs anpasste, wie bei einem Chamäleon. Vlad kam aus dem Staunen nicht mehr heraus – als es plötzlich neben ihm *ploff* machte. Ein weiteres Mädchen hatte sich urplötzlich in einer Rauchwolke aufgelöst und erschien fast im selben Augenblick wieder. Mit einem Zopf und farbenfroh gekleidet wie ein Dschinn, ein Flaschengeist aus Tausendundeiner Nacht.

Ein asiatischer Junge hatte sein Handy gezogen und posierte für ein Selfie – mit seinem eigenen Kopf unter dem Arm. Und so ging es weiter und weiter, unter dem immer lauter werdenden Applaus und Jubel stolzer Eltern.

Vlad suchte nervös den Blick seines Vaters. Barnabas stand gebannt am Rand der Stuhlreihen und nickte Vlad aufmunternd zu. Gleich ...

In diesem Moment – ein lautes, explosionsartiges Niesen. Vlad zuckte erschrocken zusammen. Wolf keuchte auf, von Niesattacken gekrümmt. Seine Augen tränten und er schnappte keuchend nach Luft. Dann hob Wolf seine Hände und blickte fassungslos darauf: Die Finger wurden länger und verwandelten sich in lange Krallen. Die Haare auf Wolfs Kopf wurden länger. Und seine Nase verformte sich langsam zu einer Hundeschnauze.

Doch dann, auf halbem Weg zur endgültigen Verwandlung in einen Werwolf, wurde Wolf noch ein letztes Mal von einem gewaltigen Niesanfall geschüttelt. Dann brach er zusammen, verwandelte sich schlagartig zurück in einen schmächtigen Jungen und blieb wimmernd und schniefend auf dem Bühnenboden liegen.

Vlad wollte seinem neuen Freund aufhelfen, da bemerkte er aus den Augenwinkeln ein schillerndes Licht. So als würde direkt neben ihm ein Regenbogen aufleuchten. Aber das Leuchten stammte nicht von einem Regenbogen, es kam von den halb durchsichtigen Energieflügeln, die plötzlich auf dem Rücken von Faye gewachsen waren.

Aus dem Publikum ertönte ein staunendes »Oh!« und »Ah!«, und Dutzende von faszinierten Blicken beobachteten, wie Faye mit den Lichtflügeln flatterte und sich in die Luft erhob.

Einen Augenblick war auch Vlad vollkommen fasziniert, bis sein Kiefer plötzlich anfing zu schmerzen. Vlad stöhnte auf und presste sich die Hand vor den Mund. Irgendetwas regte sich in seinem Kiefer. Ein plötzlicher, heftiger Zahnschmerz, der genauso schnell verging, wie er gekommen war.

Und als Vlad dann tastend mit der Zunge über seine Zähne fuhr, merkte er, dass etwas anders war. Er öffnete den Mund und fuhr sich mit dem Finger fassungslos über seine vier nadelspitzen Vampirzähne, die ihm aus dem Kiefer gewachsen waren.

Gleichzeitig spürte er ein leichtes Kribbeln auf seinem Kopf. Es kitzelte ein wenig, als sich seine sonst eher verstrubbelten Haare ganz von selbst an den Kopf legten und sich nach hinten strichen, wie mit Gel zurückgekämmt.

Vlad atmete durch. Klar, er hatte gewusst, dass er heute endgültig zu einem Vampir werden würde. Aber es zu wissen und es tatsächlich zu spüren, waren zwei völlig verschiedene Dinge. Es fühlte sich gut an, wild und stark … wenn auch irgendwie furchteinflößend.

Ein Schatten fiel auf ihn: Faye war inzwischen mindestens zwei Meter hoch in die Luft gestiegen und das Strahlen in ihrem Gesicht war fast noch heller als das Zauberleuchten ihrer Feenflügel. Sie genoss es offensichtlich, fliegen zu können – bis sie den fatalen Fehler machte, nach unten zu blicken. Erst jetzt schien ihr bewusst zu werden, wie hoch sie schon war.

Faye stieß einen erstickten Schrei aus und begann erst zu taumeln, dann hilflos hin und her zu schwanken. Von feengleicher Eleganz konnte nicht mehr die Rede sein. Im Publikum wich die Bewunderung den ersten Lachern.

»Episch!«

In der letzten Reihe hatte Schweinebacke sein Handy herausgezogen und filmte voller Schadenfreude, wie Faye allmählich völlig ins Trudeln geriet.

Dann machte es *plopp* und ihr linker Flügel löste sich auf. Jetzt gab es kein Halten mehr. Faye sauste unkontrolliert durch die Luft und raste schließlich genau auf Vlad zu!

»Pass auf!«, konnte er gerade noch rufen. Dann löste sich Fayes zweiter Flügel auf und mit einem schrillen, lang gezogenen Schrei krachte sie mit voller Wucht gegen Vlad.

Vlad sah Sternchen, und der Schwung riss sie beide zu Boden, wo Faye mit panisch aufgerissenen Augen auf Vlad liegen blieb. Das Publikum und die anderen Kinder johlten und wieherten mittlerweile ungehemmt vor Vergnügen.

»Haaaatschiiii …!« Wolf war der Einzige, der nicht in das Gelächter einstimmte. Immer noch schniefend und keuchend, half er Faye von Vlad herunter. »Alles … Hust … in Ordnung?«

Vlad tastete sich mit dem Zeigefinger über die Lippen und blickte dann auf seine Fingerkuppe.

Ein winziger Blutstropfen schimmerte darauf.

»Ich … habe mir auf die Lippe gebissen«, stammelte er.

Und im selben Augenblick wurde es Vlad so schlecht wie noch nie in seinem Leben. Er spürte noch, wie sein Magen rebellierte – dann schoss ein Schwall leuchtend blauer Vampirkotze aus seinem Mund!

Alle anderen Kinder um ihn herum wichen im ersten Moment angeekelt zurück. Doch als sie Vlads erbärmlichen Gesichtsausdruck sahen, brandete neues Gelächter auf.

»Was für Opfer!«, rief Hackfresse mit Blick auf Vlad, Faye und Wolf, und Pickelgesicht lachte zustimmend. »Mit denen haben wir Spaß bis zum Abi!«

Vlad sah noch wie durch einen Schleier, dass Faye weinend von der Bühne lief.

Dann bahnte sich sein Vater einen Weg durch die umstehenden lachenden Schüler und Eltern. »Platz da! Lasst mich durch!«

Barnabas kniete sich neben Vlad und half ihm auf die Beine. »Vlad! Alles okay, mein Junge?«

Dann deutete Barnabas voller Sorge auf Vlads Oberlippe, die er sich mit seinen Vampirzähnen beim Zusammenprall mit Faye aufgeritzt hatte. »Du blutest ja!«

Das war zu viel. Allein beim Klang des Wortes Blut spürte Vlad neue Übelkeit in sich aufsteigen. Sein Magen drehte sich um und ein neuer Schwall Vampirkotze schoss aus seinem Mund hervor.

Kapitel sieben

Barnabas klopfte vorsichtig an Vlads Zimmertür und trat ein. Vlad saß schon seit Stunden niedergeschlagen auf seinem Bett, inmitten von Umzugskisten und halb ausgepacktem Krimskrams.

»Hey. Geht's wieder?«, fragte Barnabas und setzte sich zu Vlad an die Bettkante. Er deutete auf einen kleinen, bläulich schimmernden Fleck an Vlads Sweatshirt. »Du hast da noch etwas … äh …«

»Vampirkotze?«, fragte Vlad bitter. »Toll. Dracula würde sich im Grabe umdrehen, wenn er mich gesehen hätte …«

»Bisschen schwer mit einem Holzpfahl in der … ach, egal.« Barnabas zog ein seidenes Taschentuch heraus und tupfte den Fleck vorsichtig ab.

»Du hast gesagt, wenn ich in die siebte Klasse komme, werde ich ein richtiger Vampir!« Vlad spürte, dass ihm Tränen in die Augen stiegen, aber das war ihm egal. »Und jetzt bin ich nicht nur der Neue, jetzt bin ich der neue Freak! Die Lachnummer! Wir hätten nie hierherkommen dürfen!«

»Vlad«, setzte Barnabas an, »das lief jetzt nicht so, wie wir uns das vorgestellt haben, okay. Aber morgen haben die das alle wieder vergessen.«

»Vergessen? Dass ich ein Vampir bin, der kein Blut sehen kann?!«

»Bestimmt gibt sich das, wenn dein Körper sich umgestellt hat. Bis dahin gibt es eben nur Schonkost. Vielleicht mal ein saftiges Steak oder dann und wann ein Scheibchen Blutwurst …«

Der bloße Gedanke daran drehte Vlad den Magen um, und ohne Vorwarnung musste er sich in den Papierkorb neben dem Schreibtisch übergeben.

* * *

Die Wände von Wolfs Zimmer waren gepflastert mit Filmplakaten, auf denen Superhelden in heroischer Pose unbekannten Gefahren entgegensahen. Und Wolf saß darunter auf seiner Bettkannte, ein schniefendes, hustendes Häuflein Elend.

Doktor Frankenberg, ein etwas nervöser Mann mit ausgesprochen kantigem Kopf, einer dicken Narbe auf der grünlichen Stirn und Elektroden am Hals, nahm sein Stethoskop von Wolfs Brust.

Herr und Frau Wermann, Wolfs Eltern, blickten den Mediziner fassungslos an. Sie konnten immer noch nicht glauben, was Doktor Frankenberg gerade diagnostiziert hatte.

»Eine Tierhaarallergie?!«, grollte Herr Wermann und seine buschigen Nackenhaare stellten sich auf.

Doktor Frankenberg räusperte sich und war bemüht, seine Arzttasche so schnell wie möglich wieder zusammenzupacken. Werwölfe waren nicht gerade für ihre Selbstbeherrschung bekannt, wenn ihnen etwas gegen den Strich ging.

»Nun ja, das ist nicht so schlimm, nicht wahr?« Doktor Frankenberg räusperte sich und klappte seine Tasche zu. »So was kommt öfter vor.«

»Nicht so schlimm? Nicht so schlimm?!« Wolf zuckte zusammen, als sein Vater die Worte des Arztes wie ein donnerndes Echo wiederholte. Das Fieberthermometer in seinem Mundwinkel zitterte.

»Wir sind Werwölfe! Und ich bin Rudelführer! Was sollen denn die anderen denken? Die lachen sich doch den Pelz scheckig!«

Doktor Frankenberg riss das Fieberthermometer aus Wolfs Mund, steckte es ein und ging mit schnellen Schritten zur Tür.

»Ich gehe dann mal. Und, äh, immer viel Flüssigkeit trinken«, sagte er mit einem letzten Blick auf Wolf.

Herr Wermann warf seinem Sohn einen enttäuschten Blick zu, trat ebenfalls aus dem Zimmer und schloss die Tür hinter sich.

Wolf schämte sich furchtbar, seinen Eltern solchen Kummer zu machen. Er zog den Kopf ein und winselte leise, als er seinen Vater im Flur poltern hörte. »Der Sohn von Haarmanns, der hat gleich in der siebten Klasse schon sein erstes Karnickel gerissen! Und mein Sohn …«

»Horst, jetzt warte doch mal ab«, antwortete Wolfs Mutter. »Vielleicht gibt es ja eine Aromatherapie dagegen oder …«

Weiter kam sie nicht, weil Wolfs Vater schon knurrend die Treppe herunterstapfte.

Wolf wischte sich eine Träne aus dem Auge und gab keinen Mucks von sich. Dann warf er sich in sein Bett und vergrub schluchzend den Kopf in sein Kissen.

* * *

Auch Faye saß in diesem Augenblick allein auf ihrem Bett. Sonnenlicht fiel durch die Fenster auf die farbenfrohen Plakate von bekannten Elfen-Popstars. Faye blickte auf die Bücher, die sich auf ihrem Schreibtisch stapelten. *FeeFu für Fortgeschrittene, Helfen ist keine Hexerei, Einführung in die Kristallmagie, Mathemagie …* Schon als kleines Mädchen hatte sie sich fest vorgenommen, eines Tages auf die Elfen-Akademie zu gehen und vielleicht irgendwann eine Kristallwächterin zu werden.

Doch eine Fee mit Höhenangst? Was sollte aus so einer Versagerin schon werden?

Fayes Handy summte. Eine Nachricht. Instinktiv griff sie nach dem Smartphone. Vielleicht war es ja eine ihrer beiden besten Freundinnen, die ihr ein paar aufmunternde Worte schrieb. Faye konnte etwas guten Zuspruch jetzt weiß Gott gebrauchen, aber ihre Freundinnen hatten sich seit dem Desaster in der Aula nicht gemeldet. Faye blickte auf das Display und seufzte enttäuscht.

Nur eine *WhatsAppRakadabra* aus dem Gruppenchat ihrer Klasse. Mit einem Dateianhang.

Faye tippte auf das Icon und im nächsten Moment zeigte das Handy einen Film vom Vormittag. Irgendjemand hatte sich große Mühe gegeben, um Fayes peinlichen Absturz und den Zusammenprall mit diesem neuen Jungen zu einer Endlosschleife zu bearbeiten. Und mehr noch: Der Augenblick, als sie auf dem Jungen landete, war jetzt mit einem Schmatzgeräusch unterlegt und mit einem aufpoppenden Herzchen verziert worden.

Faye spürte, wie ihr Röte ins Gesicht schoss. Noch nie im Leben hatte sie sich so sehr geschämt. Bis heute Morgen war sie immer in dem Bewusstsein zur Schule gegangen, eines der beliebtesten Mädchen der Klasse zu sein. Und heute, ausgerechnet am vielleicht wichtigsten Tag ihres Lebens …

Faye wischte sich trotzig eine Träne aus dem Auge und warf das Handy aufs Bett. Wie konnte sich an einem einzigen Tag nur so schnell so viel verändern?

Kapitel acht

Der Mond stand beinahe voll und rund über Crailsfelden. Bei Nacht sah die Stadt aus wie jede andere. Die Fenster der Häuser waren dunkel, ein paar Straßenlaternen warfen warmes Licht auf den Marktplatz, irgendwo rief eine einsame Eule. Und eine Hexengestalt raste im Tiefflug über die Dächer.

Gut, auch bei Nacht war Crailsfelden vielleicht ein wenig anders als andere Städte.

Die Gestalt raste etwas zu schnell auf die Rückseite des alten Antiquitätengeschäfts zu. Viel zu spät bremste sie ab und krachte schlingernd in eine Mülltonne.

Im Laden selbst war Barnabas gerade dabei, die angebotenen Antiquitäten abzustauben. Das Geschäft war kaum eröffnet, schon schienen die exquisiten Stücke bereits wieder Staub anzusetzen. Bis jetzt hätte Barnabas die Zahl der Kunden, die den Laden überhaupt auch nur betreten hatten, an der Hand eines Ghuls abzählen können. Und die hatten bekanntlich nur vier Finger.

Barnabas schreckte kurz zusammen, als er das dumpfe Scheppern hörte.

»Vlad?«, rief er halblaut ins Dunkle und blickte auf die Treppe nach oben. Aber da rührte sich nichts. Sicher nur eine Katze am Müll, dachte Barnabas schulterzuckend. Trotzdem schadete es nichts, mal nach Vlad zu sehen …

Hinter dem Haus erhob sich die Katze stöhnend aus dem Inhalt des umgestürzten Mülleimers. Die Hexenkapuze war ihr vom Kopf gerutscht und Frau Circemeyer wischte sich angeekelt ein paar Kartoffelschalen vom Mantel.

Dann blickte sie hinauf. Das Fenster dort oben musste zum Zimmer des kleinen Blutsaugers gehören. Und mit etwas Glück lag dort auch das, wofür Frau Circemeyer gekommen war.

Der Blutsplitter.

Wenn Barnabas Tepesz den Klunker nicht verkaufen wollte, musste es eben auf die harte Tour gehen.

Frau Circemeyer reckte den Arm in die Luft, konzentrierte sich kurz … und Sekunden später verwandelte sich ihr Arm in eine holzige, dornige Ranke, die weiter und weiter in die Höhe wuchs. Wie ein knorriger Efeustrunk wucherte ihr Dornenarm an der Fassade entlang, suchte hier und da nach Halt und hatte dann das Fenster erreicht.

Das Glück ist mit den Bösen, dachte Frau Circemeyer triumphierend. Das Fenster stand weit genug auf, um ihre Rankenhand hindurchgleiten zu lassen. Mit knorrigen, holzigen Fingern krabbelte die Hand wie eine Spinne auf fünf Beinen über das Fensterbrett und tastete sich weiter vorwärts. Frau Circemeyer konnte die Anwesenheit des Blutsplitters beinahe in ihren Fingerspitzen spüren.

In diesem Moment öffnete sich die Tür zu Vlads Zimmer und Barnabas schlich leise hinein. Er warf einen liebevollen Blick auf den schlafenden Vlad und zog die Decke über die Schultern seines Sohnes. Dann drückte er, ohne hinzusehen, das Fenster so weit wie möglich zu.

Unten im Hof unterdrückte Frau Circemeyer einen Schmerzensschrei. Irgendein Idiot hatte ihren Arm eingeklemmt! Frau Circemeyer hielt die Luft an, zählte stumm bis zehn und bewegte sich nicht. Dann spreizte sie, ganz vorsichtig, ihre Finger (scheinbar alle noch dran) und ließ ihre Dornenkralle weiterwandern.

Barnabas hatte das Zimmer schon wieder verlassen.

Vlad hatte von allem nichts mitbekommen, trotzdem wälzte er sich unruhig im Schlaf. Und so sah er auch nicht, wie die unheimliche Hand weiterkrabbelte, schließlich den kleinen Nachttisch erreichte und genau das ertastete, was sie suchte: den Blutsplitter. Die Hand umschloss den Kristall.

Frau Circemeyer ließ ihren Rankenarm wieder zurückschrumpfen, bis er wieder ein ganz normaler Arm war. In ihrer Hand lag nun der Blutsplitter, tiefrot im Mondlicht schimmernd. Frau Circemeyer kicherte triumphierend auf, ließ den Kristall in einem kleinen Lederbeutel verschwinden und schwang sich auf ihren Besen.

Trotz der milden Nacht wehte ein eisiger Wind über die Zinnen des alten Turms. Die uralten Fratzen der Steinfiguren blickten mit heimtückischer Wachsamkeit auf die Dächer der Stadt hinab, wie sie es schon seit Jahrhunderten taten, unbeeindruckt von Erbkriegen, Feuerbrünsten und Hungersnöten, die sich weit unter ihnen im Laufe der Zeit ereignet haben mochten. Und völlig unbeeindruckt von dem lauten Gekicher der Hexe, die mit unheiligem Tempo auf den alten Turm zuraste.

Frau Circemeyer sauste auf ihrem Besen über eine der Zinnen, schrie kurz auf und raste beinahe ungebremst gegen die Steinwand an der gegenüberliegenden Seite der Turmspitze.

Die Hexe stöhnte auf, tastete besorgt nach dem halben Meter Nase in ihrem Gesicht und wollte sich gerade aufrappeln, als ein bedrohlicher Schatten auf sie fiel.

Bürgermeister Ziffer. Seine Augen leuchteten im Halbdunkel des Turmzimmers auf.

»Haben Sie den Splitter?«, grollte er mit unmenschlich tiefer Stimme. Mit einer Hand stützte er sich auf seinen Widderkopfstab ab, die andere streckte er Frau Circemeyer fordernd entgegen.

»Mir geht's gut, danke der Nachfrage«, murrte die Hexe und stand stöhnend auf.

»Der Splitter!«, grollte Ziffer.

Frau Circemeyer zog das Lederbeutelchen hervor und ließ den erbeuteten Kristallsplitter in Ziffers ausgestreckte Hand plumpsen.

Ein Lächeln machte sich auf Ziffers Gesicht breit. »Endlich! Die Jahrhunderte des Wartens sind vorbei! Ich werde ...«

Ziffer verstummte mitten im Satz. Der Blutsplitter schimmerte auf. Innerhalb von Augenblicken war er von einem bläulichen Funkeln eingehüllt – dann verschwand er plötzlich mit einem *Plopp*.

»Nein! Nein!!!« Ziffer ballte die Hand zu einer Faust. Er stieß einen tiefen Schrei aus, der über die Dächer der Stadt hallte wie Donnergrollen. »Ein Rückholzauber! Der Blutsplitter ist durch einen Rückholzauber geschützt!«

Frau Circemeyer blickte ihren Chef verständnislos an. »Er kann nur den Besitzer wechseln«, erklärte Ziffer ungeduldig, »wenn er aus freiem Willen hergegeben wird!«

Die Hexe zog einen kleinen silbernen Taschenspiegel hervor. Sie tippte darauf und nach ein paar Augenblicken erschien die Fassade des

Antiquitätenladens im Spiegel. Frau Circemeyer vergrößerte das Bild, indem sie es mit Daumen und Zeigefinger auseinanderzog, wie bei einem Handy. Im Spiegel erschien Vlads Zimmer. Frau Circemeyer zoomte noch näher heran. Jetzt sahen sie und Ziffer, wie Vlad sich unruhig in seinem Bett wälzte. Und neben ihm, auf dem Nachttischchen mit dem Foto seiner Mutter, leuchtete es kurz bläulich auf. Der Blutsplitter erschien wieder genau an der Stelle, an der er gelegen hatte. Als ob nichts geschehen wäre.

»Das ist doch wie verhext!« Frau Circemeyer klappte den Taschenspiegel zu. »Was machen wir jetzt?«

»Wir brauchen einen neuen Plan.« Ziffer deutete mit einer Geste, die keinen Widerspruch zuließ, auf Frau Circemeyer. »Und Sie behalten diesen Jungen und seinen Vater im Auge.«

Frau Circemeyer rieb sich die immer noch etwas schmerzenden Finger und lächelte. Nur zu gern.

Kapitel neun

Von seltsamen Albträumen geplagt, hatte sich Vlad aus dem Bett gequält und beim Frühstück nur die notwendigsten Worte mit seinem Vater gewechselt. Jetzt trottete er mit seinem Schulrucksack auf dem Rücken über den Schulhof der Penner-Akademie. Er hatte den Kopf tief gesenkt, trotzdem konnte er die höhnischen Blicke der anderen auf sich spüren.

Alle Schüler, die nicht damit beschäftigt waren, mit dem Finger auf Vlad zu zeigen oder hinter seinem Rücken zu tuscheln, blickten lachend auf ihre Handys. Vlad konnte nicht sehen, was da so amüsant war, aber er konnte es sich denken.

Fayes Aufschrei, das Geräusch eines Aufpralls und das Gelächter eines großen Publikums in Endlosschleife ließen kaum Zweifel daran, dass jemand das Desaster von gestern zu einem offensichtlich äußerst populären Internet-Meme verarbeitet hatte.

Wie zur Bestätigung sah Vlad, wie sich plötzlich Faye aus dem Getümmel der Schüler löste und mit Tränen in den Augen an ihm vorbeirannte. Faye tat ihm leid, aber er war bestimmt der letzte Mensch auf der Welt, der sie hätte trösten können. Wahrscheinlich wollte sie ihn nie wiedersehen.

»Hilfe! Wir brauchen einen Arzt!«

Vlad und alle umstehenden Schüler fuhren erschrocken herum, als der verzweifelte Hilfeschrei durch den Flur hallte.

»Er verblutet!«

Oliver Schweinebacke torkelte um die Ecke und stützte seinen Freund Michael Hackfresse ab, dessen Gesicht blutverschmiert war!

Die anderen Schüler stoben entsetzt zur Seite. Hatte es einen furchtbaren Unfall gegeben? Vlad blickte auf das mit Blut beschmierte Gesicht und war einen Moment wie gelähmt. Noch war er so geschockt wie alle anderen, aber er spürte, wie sich sein Magen verkrampfte.

Direkt vor Vlad rutschte Hackfresse aus den Armen von Schweinebacke und brach auf dem Boden zusammen. Eine Blutfontäne schoss aus seinem Bauch. Alle schrien entsetzt auf – nur Schweinebacke, ein sehr mäßig begabter Schauspieler, konnte sich ein Grinsen nicht verkneifen.

»Oh mein Gott! Er verblutet! Überall Blut! BLUT!!!«, rief er theatralisch und blickte dabei erwartungsvoll auf Vlad.

Ein paar der umstehenden Kinder merkten jetzt, was hier wirklich abging; das Entsetzen in ihren Gesichtern wich schadenfroher Erwartung.

Jetzt sah Vlad auch, warum: Michael wälzte sich übertrieben leidend auf dem Boden, hielt sich den Bauch – und drückte dabei auf eine Ketchupflasche, die er unter seinem Hemd verborgen hielt.

Doch auch wenn es nur Tomatenketchup war und kein Blut … allein die Vorstellung ließ einen bitteren Geschmack in Vlads Kehle aufsteigen. Und ohne dass er etwas dagegen hätte tun können, schoss nun ihm seinerseits eine Fontäne blauer Vampirkotze aus dem Mund.

Die Zuschauer kreischten halb vor Ekel, halb vor haltloser Belustigung. Vlad unterdrückte ein erneutes Würgen, blickte in die gnadenlos amüsierten Gesichter seiner neuen Mitschüler.

Und lief los.

Weg! Nur weg hier!

Das war sein einziger Gedanke, bis er völlig unvermittelt in einen Mann mit Vollbart und grauen Kittel rannte, der in diesem Augenblick um die Ecke des Ganges bog. Hannappel japste erschrocken auf und ließ seinen Besen fallen.

»Was ist denn hier los? Vlad? Alles okay?«

Aber Vlad nahm sich nicht einmal die Zeit, den Kopf zu schütteln. Er rannte weiter Richtung Ausgang und sah nicht mehr, wie Herr Hannappel ihm sorgenvoll hinterherblickte.

Hannappel ließ seinen tadelnden Blick über die Runde der schadenfrohen Schüler und Schülerinnen wandern. Einer nach dem anderen verstummte verschämt, und alle hatten es plötzlich eilig, zum Unterricht zu kommen. Nur die Schweinebande stand noch im Flur und gab sich triumphierend ein High Five.

Hannappel trat vor Jürgen Pickelgesicht, den Anführer der Bande. »Ihr solltet euch wirklich schämen«, sagte er und blickte nacheinander auf Schweinebacke, Hackfresse und Pickelgesicht. »Man sollte meinen, dass ein Gestaltwandler, ein Nachtelb und ein Zauberlehrling mit ihren Kräften etwas Besseres anzufangen wissen!«

Pickelgesicht warf Hannappel nur einen arroganten Blick zu und deutete auf das Gemisch aus Ketchup und Vampirkotze. »Jemand müsste hier mal sauber machen«, sagte er hochnäsig und ging provozierend langsam davon. Seine beiden Freunde folgten ihm.

Hannappel atmete durch und schüttelte den Kopf.

»Mach du das mal«, sagte er zu seinem Besen, ließ ihn stehen und ging mit einem unguten Gefühl in die Richtung los, in die Vlad verschwunden war.

Kapitel zehn

Vlad stapfte durch den Nebel, der über den Waldweg waberte. Ohne sich auch nur einmal umzudrehen, war er von der Schule direkt in den dichten Wald gelaufen, der Crailsfelden umgab. Jetzt stand er auf einer Wegkreuzung mitten unter Bäumen und blickte sich suchend um. Hatte er sich zu allem Überfluss auch noch verlaufen? Außerdem hatte er schon die ganze Zeit das Gefühl, dass ihn irgendjemand beobachtete. Dabei war der Wald um ihn herum einsam und vollkommen still.

Sicher nur Einbildung. Und jetzt entdeckte Vlad auch den alten Wegweiser, der vor ihm aus dem Nebel ragte:

Zur Troldenbrücke.

Genau da wollte er hin. Zur alten Holzbrücke, über die er erst gestern mit seinem Vater nach Crailsfelden gekommen war. Vlad schnaufte entschlossen durch, folgte dem Wegweiser – als plötzlich von links eine andere Gestalt auf die Wegkreuzung trat.

»Was machst du denn hier?«, fragte Faye und sah Vlad misstrauisch an.

Vlad war auch nicht unbedingt erfreut, Faye hier zu treffen. Sie konnte zwar nichts dafür, aber ihr Anblick erinnerte ihn zwangsläufig an das Fiasko in der Aula.

»Willst du auch abhauen?«, antwortete er mit einer Gegenfrage.

»Nee, ich dachte, heute ist Wandertag, und ich hab mich im Datum vertan«, blaffte Faye zurück. Dann atmete sie durch. »Sorry. War nicht so gemeint. Aber … in der Schule kann ich mich nicht mehr blicken lassen.«

Vlad nickte, doch bevor er etwas erwidern konnte, schreckten beide zusammen. Irgendwo, im tiefen Unterholz neben dem Pfad, knackte ein Ast. Irgendjemand – oder irgendetwas – hatte sich heimlich angeschlichen. Vlad und Faye hielten den Atem an. Sie waren mutterseelenallein in dem dunklen, nebelverhangenen Wald. Wer wusste schon, was hier in Crailsfelden für dunkle Mächte zwischen den Bäumen lauerten …

Dann hallte ein lautes Niesen aus dem Unterholz.

»Hatschiiie!«

Ein erneutes Knacken von Ästen aus dem Dickicht. Dann kam eine schmächtige Gestalt mit roten, schulterlangen Haaren aus dem Unterholz gerannt.

»Wolf?«

Wolf strahlte, als er Vlad und Faye sah. »Was macht ihr denn hier?«, fragte er – und knallte im selben Moment mit dem Kopf gegen einen tief hängenden Ast. Er ging mit einem Aufschrei zu Boden, und Faye lief zu ihm hin, um ihm wieder auf die Beine zu helfen.

»Ich hasse Wälder«, stöhnte er.

Vlad schnaubte. Wenn das so weiterging, würde das hier noch ein Klassentreffen werden. Oder besser: ein Treffen der größten Loser der Schule. Die drei Vorsitzenden waren ja schon da.

»Na schön«, seufzte er. »Dann können wir auch ein Stück zusammen gehen. Du willst doch auch abhauen, oder?«

Wolf streckte seine Hühnerbrust vor. »Ich will hinaus in die Welt. Abenteuer bestehen, Gefahren trotzen. Damit mein Vater sieht, dass ich ein echter Wolfsmann bin!«

Vlad blickte skeptisch auf Wolfs Kinderrucksack mit einem lustigen Tigergesicht darauf. »Mit einem Tigerrucksack?«

»Ja, wieso?«

Vlad winkte ab. »Gehen wir einfach.«

Die drei folgten dem Wegweiser. Keiner bemerkte die schattenhafte Gestalt mit der Kapuze über dem Gesicht, die ihnen heimlich folgte …

Die nächsten zwanzig Minuten redete Wolf ohne Punkt und Komma, während er mal hinter Vlad und Faye herlief, mal vorauseilte und sie mal umkreiste wie ein aufgeregter junger Hund. Vlad hörte schon gar nicht mehr zu, als vor ihnen endlich die alte Holzbrücke im Nebel sichtbar wurde.

»Wenn wir zusammen Abenteuer erleben, braucht ihr keine Angst zu haben. Ich bin ja bei euch und – waaah!«

Wolf schrie auf und auch Vlad zuckte zusammen. Sie hatten bereits die Hälfte der Brücke überquert, als plötzlich der bucklige Mann vor ihnen stand, der Vlad und seinen Vater schon bei ihrer Ankunft in Empfang genommen hatte. Jetzt blickte er noch finsterer drein als damals.

Vlad seufzte innerlich. Das hätte er sich ja denken können.

»Wohin des Wegs?«, fragte der Bucklige. Bestialischer Mundgeruch schlug Vlad, Faye und Wolf entgegen.

»Lassen Sie uns einfach vorbei, okay?«, bat Vlad.

Der Bucklige schüttelte den Kopf. »Du darfst nicht gehen! *Ihr* dürft nicht gehen, bevor sich erfüllt hat, was geschrieben steht!«

»Häh?« Wolf warf dem Buckligen einen verdutzten Blick zu.

Der Brückenwärter griff in seine Tasche und zog das dicke, alte Buch heraus. Er leckte sich über die schmutzigen Finger, schlug eine Seite auf und begann wieder, dieses dumme Gedicht vorzulesen.

»Wenn die Zeit sich rückwärts dreht,
das Unheil hoch am Himmel steht …«

Vlad schnitt dem Buckligen das Wort ab und versuchte, sich an ihm vorbeizudrücken. »Ist mir völlig egal, was da drinsteht. Ich verschwinde von hier.«

Der Bucklige stellte sich Vlad in den Weg.

»Mach mich nicht wütend! Ihr würdet mich nicht mögen, wenn ich wütend bin!«, knurrte er.

»Ich mag Sie jetzt schon nicht«, entgegnete Vlad, der viel zu genervt war, um sich einschüchtern zu lassen.

»Okay, Käpt'n Buckelwal«, sagte Faye, nicht minder ungeduldig. »Du lässt uns jetzt vorbei oder …«

Faye schluckte. Das Gesicht des Buckligen verzerrte sich zu einer angespannten Fratze. Er ballte die Hände zu Fäusten und mit einem reißenden Geräusch zerplatzten seine Hemdsärmel und die Hose. Seine Arme und Beine schwollen an, erst auf die doppelte, dann auf die dreifache Größe. Sein Gesicht nahm einen grünlichen Farbton an.

Vlad, Faye und Wolf sahen fassungslos zu, wie der Bucklige immer größer wurde. Vlad glaubte, das Knacken und Knirschen von Knochen zu hören, die sich immer weiter verformten und wuchsen. Es dauerte nur ein paar Sekunden, dann richtete sich der Bucklige zu seiner neuen riesenhaften Gestalt auf. Er war jetzt mindestens vier Meter groß, roch scheußlich nach Fisch und war in der Tat sehr, sehr wütend.

Er fletschte seine riesenhaft großen, gelblichen Zähne und knurrte die drei an.

»Und wenn wir uns ganz lieb entschuldigen?«, wimmerte Wolf.

Der Bucklige hörte gar nicht auf ihn. »Ihr! Bleibt! HIER!!!«

Das letzte Wort war ein gewaltiges Brüllen, laut wie ein startendes Düsenflugzeug. Der Windstoß aus dem Maul des buckligen Monsters war so heftig, dass er Vlad, Faye und Wolf von den Beinen fegte. Ein Schwall schleimiger Spucke klatschte ihnen ins Gesicht. Ihre Ohren dröhnten und der Gestank war unbeschreiblich.

Wolf taumelte zum Brückengeländer und würgte. Die ganze Brücke bebte unter den Schritten des Riesen, als er auf sie zustampfte, um sie mit seinen Pranken zu packen.

Die drei schrien entsetzt auf …

… doch plötzlich hallte eine Stimme vom Ufer herüber.

»Lass die Kinder in Ruhe!«

Die Gestalt mit der Kapuze stand auf der Crailsfeldener Seite der Brücke. Ihr Mantel wehte im Wind. Sie machte eine auffordernde Geste in die Richtung von Vlad, Faye und Wolf.

»Kinder! Kommt!«

Die drei ließen sich das nicht zweimal sagen. Sie rannten zurück über die Brücke und suchten hinter der Gestalt Schutz.

Der Riese auf der Brücke grollte erneut auf und stapfte nun auf die Gestalt mit der Kapuze zu. Aber der Kapuzenmann wich keinen Millimeter zurück. Stattdessen hob er die Arme und stieß einen Bannfluch aus.

»Das Grauen will ich exorzieren,
soll seinen Schrecken gleich verlieren!
Salamandra!«

Im selben Moment gab es ein ploppendes Geräusch – und auf dem Kopf des Riesen erschien ein golden glänzendes Diadem. Noch während der Gigant erstaunt danach tastete, verwandelten sich seine zerrissenen Hosen in ein rosafarbenes Ballettkleidchen.

Vlad traute seinen Augen nicht. Okay, in diesem Outfit hatte der Riese tatsächlich seinen Schrecken verloren. Aber weniger wütend machte ihn das nicht gerade …

Denn der Gigant stieß einen Schrei aus und ging jetzt erst recht auf den Kapuzenmann und seine drei Schützlinge los.

Die Gestalt zog ihre Kapuze vom Kopf und schluckte. Es war niemand anderes als Herr Hannappel, der Hausmeister, der mit großen Augen auf die heranpreschende Riesengestalt blickte.

»Okay. Falscher Zauber. Ruhig bleiben, Hannappel, ganz ruhig …«, sagte Herr Hannappel zu sich selbst.

Dann war der Riese auch schon da und wollte ihn packen. Hannappel zog einen kleinen Beutel aus der Tasche und warf dem Riesen eine Handvoll weißes Pulver ins Gesicht.

Der Brückenwächter schrie vor Schmerz auf, als das Pulver seine Augen traf. Er rieb mit seinen Händen darüber, was es offensichtlich nur noch schlimmer machte.

»Salz«, rief Hannappel den Kindern zu. »Hilft immer gegen Dämonen. Jetzt schnell! Kommt mit!«

Hannappel rannte los. Vlad, Faye und Wolf folgten ihm. Das Letzte, was sie hörten, war das halb wütende, halb beleidigte Jaulen des Riesen, das durch den Wald hallte. »Das ist sooo gemein!«

Kapitel elf

Wolf schlabberte mit langer Zunge genussvoll aus der Kakaotasse in seiner Hand. Vlad und Faye blickten sich in der Wohnstube von Hannappels kleinem Häuschen um. Alles war etwas unaufgeräumt und durcheinander, strahlte aber eine chaotische Gemütlichkeit aus. Oder vielleicht auch ein gemütliches Chaos.

Die drei saßen auf einem mit bunten Decken überzogenen Sofa, das Hannappel schnell von den Büchern befreit hatte, die überall herumlagen.

»Ich wusste gar nicht, dass Sie ein Zauberer sind, Herr Hannappel«, sagte Faye und nahm einen Schluck aus ihrer Kakaotasse.

Der Hausmeister zuckte bescheiden, aber auch ein wenig stolz mit den Schultern. »Na ja, in der Schule darf ich nicht mehr zaubern, seit ich damals bei der Inszenierung von *Das fliegende Klassenzimmer* mitgeholfen habe und …« Hannappel machte eine abwinkende Handbewegung. »Egal, die meisten sind ja wieder runtergekommen. Noch jemand Sahne?«

Wolf wischte sich den Milchbart vom Mund und nickte zustimmend.

Vlad und Faye sahen fasziniert zu, wie Hannappel seine Finger über Wolfs Tasse kreisen ließ und »Salamandra!« rief. Magischer Glitzerstaub rieselte von Hannappels Fingern in die Tasse. Wolf strahlte voller Vorfreude – bis er sah, dass Hannappel statt eines Sahnebergs ein kleines Quietscheentchen in die Tasse gezaubert hatte.

Hannappel bemerkte das gar nicht. Er wischte sich die Hände an seinem Kittel ab und setzte sich mit auf das Sofa.

»Aber jetzt sagt mal, warum wolltet ihr denn überhaupt weg aus Crailsfelden?«

Vlad, Faye und Wolf blickten geknickt zu Boden, was Antwort genug war. Hannappel nickte verständnisvoll. »Ein Vampir, der kein Blut sehen kann, eine Elfe mit Flugangst und ein Werwolf mit Tierhaarallergie. Ja, das ist … ungewöhnlich.«

»Das ist peinlich!«, entfuhr es Faye.

Hannappel lächelte sanft. »Aber Weglaufen ist keine Lösung.«

»Hierbleiben auch nicht«, entgegnete Vlad. »Es muss doch noch einen anderen Weg geben als über diese verdammte Brücke!«

Hannappel schüttelte ernst den Kopf. »Man kommt nur über die Brücke raus und rein. Crailsfelden ist von einem magischen Wald umgeben. Du könntest tagelang hindurchlaufen und würdest immer wieder da rauskommen, wo du losgegangen bist.«

Der Hausmeister runzelte die Stirn. »Aber merkwürdig ist das schon. Der Brückentroll passt eigentlich nur darauf auf, wer reinkommt … raus darf eigentlich jeder.«

Vlad war drauf und dran, dem Hausmeister von dem dämlichen Gedicht zu erzählen, mit dem der Troll nervte, aber Faye blickte ihn an und schüttelte unmerklich den Kopf. Besser, wenn Hannappel erst einmal nichts davon erfuhr.

»Woran könnte das denn liegen?«, fragte Faye mit unschuldiger Miene

»Gute Frage.« Der Hausmeister stand auf und ging zu einem Bücheregal an der gegenüberliegenden Wand. »Vielleicht steht darüber etwas in *Seltsame Sitten & Gruselige Gebräuche von Crailsfelden*. Band 13, Seite 777. Salamandra!«

Hannappel deutete mit einem Fingerschnippen auf ein altes Buch mit einem schwarzen Ledereinband. Sämtliche Bücher purzelten aus dem Regal, nur das gewünschte blieb ungerührt stehen. Hannappel räusperte sich und griff danach. Er blätterte ein paar Seiten um und studierte mit interessierter Miene den Text.

»Hm-hm … hm-hm … aha … so ist das …«, murmelte er vor sich hin. Dann schlug er das Buch schnell wieder zu und stellte es zurück ins leere Regal.

»Äh, steht nicht drin«, behauptete er. »Noch jemand Kakao?«

Da stimmt doch was nicht, dachte Vlad und wollte nachbohren, aber wieder kam ihm Faye zuvor. »Gern!«

Hannappel lächelte erleichtert und ging mit den drei leeren Bechern in die angrenzende kleine Küche. Im selben Augenblick huschte Faye zum Regal und nahm das Buch heraus. Sie blickte Vlad und Wolf an. Sie brauchte etwas Zeit!

»Können Sie auch laktosefreien Kakao?«, fragte Wolf schnell in Richtung Küche.

»Äh, klar …«, tönte es etwas verunsichert herüber.

Faye blätterte in Windeseile durch das Buch. An welcher Stelle hatte Hannappel gerade nachgelesen?

»Und zuckerreduziert?«, fragte Wolf.

Ein kurzes Schnaufen aus der Küche. »Klar, sicher! Salamandra!« Aus der Küche erklang ein kurzes, magisches *Boff*, gefolgt von Hannappels Seufzen. »Äh, geht auch Ketchup statt Kakao? Nein? Okay, Moment …«

Faye blätterte weiter. Da! An der Seite, die Hannappel vorhin aufgeschlagen hatte, klebte noch etwas Zauberstaub von seinen Fingern. Faye und Vlad blickten in das Buch. Ein Großteil der Seite wurde von der Tuschezeichnung eines riesigen, zähnefletschenden Hundes eingenommen.

Faye überflog den Text unter der Abbildung:

»… *Liber Omnis Scientia* … die Verbotene Bibliothek … jenseits des Abgrunds des Nichtwissens …«

»Liebe Omis … was?«, fragte Vlad.

»*Liber Omnis Scientia*. Das ist Latein. Das Allwissende Buch.«

»Da steht bestimmt drin, warum uns der Troll nicht rauslässt«, vermutete Vlad.

»Bin gleich fertig«, rief es aus der Küche. »Nur noch etwas ... oh nein!«

»Vielleicht ein Fitzelchen Zimt in den Kakao?«, rief Wolf zurück.

»Was? … Ja klar. Sicher …«, tönte Hannappels Stimme etwas gequält ins Wohnzimmer. »Salamandra!« Es machte wieder *Boff*, gefolgt von Hannappels Aufschrei. »Oh nein! Spinnen! Überall Spinnen! Das ist ja eklig! Weg mit euch! Salamandra!«

»Von Narren zu wandeln sich in stille Helden …«, erinnerte sich Faye an die Worte des Trolls.

»Klingt wie 'ne Prophezeiung.«

»Cool!«, hechelte Wolf.

»Und wenn wir rauskriegen, was wir erfüllen müssen, können wir hier raus.«

Wolf rieb sich aufgeregt die Hände. »Dann wären wir die Helden von Crailsfelden. Und mein Papa würde mich bewundern!«

Faye runzelte die Stirn. »Aber um das Allwissende Buch zu bekommen, müssen wir in diese verbotene Bibliothek.«

»Wo die ist, weiß ich!«, rief Wolf.

Ein erneutes »Salamandra!«, gefolgt von einer kleinen Explosion, tönte aus der Küche. Dunkler Rauch quoll durch die Durchgangstür, als Herr Hannappel mit angesengtem Bart und rußgeschwärztem Gesicht wieder ins Wohnzimmer trat. Im letzten Augenblick stellte Faye das Buch wieder zurück ins Regal.

»Ach, Kinder, wisst ihr was? Es wird langsam spät. Ihr solltet nach Hause gehen. Außerdem müsste ich mal die Küche wischen.«

Hannappel rieb sich etwas Ruß von der Stirn und öffnete ein Fenster, um den Rauch abziehen zu lassen. »Und wegen der Schule … das solltet ihr nicht so ernst nehmen. Es wird besser, glaubt mir.«

»Ja, Sie haben bestimmt recht, Herr Hannappel«, sagte Vlad voller gespielter Zuversicht.

»Alles halb so wild«, stimmte Wolf zu.

»Sie haben uns sehr geholfen!«, lächelte Faye.

»Ach ja?«, stutzte Hannappel, selbst etwas überrascht von der Wirkung seiner kleinen Aufmunterung. Aber dann lächelte er zufrieden. »Schön. Das freut mich.«

Vlad, Faye und Wolf verabschiedeten sich freundlich, aber zügig und gingen über den schmalen Waldweg zurück Richtung Crailsfelden. Aber nach ein paar Hundert Metern wurde Wolf zusehends nervöser.

»Wolf, alles okay?«, fragte Faye und blieb stehen.

Wolf blickte sich um und trat von einem Bein aufs andere. »Ja klar! Nur … diese ganzen Bäume hier. Da muss ich immer … ihr wisst schon …« Wolf wurde rot. »Beinchen heben und so …!«

Vlad blickte seinen neuen Freund fassungslos an. »Das ist nicht dein Ernst, oder?!«

Wolf lachte etwas bemüht auf. »Nein, nein. Reingelegt!«

Vlad ging mit Faye weiter. Wolf blieb hinter ihnen zurück. Und lief dann so schnell er konnte in den Wald, zum nächsten Baum.

Vlad und Faye, beide in Gedanken versunken, merkten gar nichts davon. Plötzlich blieb Faye stehen und deutete auf eine umgeknickte, halb verwelkte Blume am Wegesrand. »Warte mal kurz«, sagte sie. Dann kniete sie sich neben die Blume und konzentrierte sich, wobei sie ihre Handfläche schützend über die Blume hielt. Vlad sah völlig fasziniert zu, wie magischer, leuchtender Feenstaub aus Fayes Fingerspitzen auf die Blume niederrieselte. Es dauerte nur ein paar Augenblicke und die Blume richtete sich ganz von selbst wieder auf und erblühte in neuer Pracht.

Faye lächelte zufrieden und stand auf.

»Was war das?«, fragte Vlad.

»Feenstaub«, erwiderte Faye, als wäre das völlig selbstverständlich. »Hat heilende Kräfte.«

»Das ist echt dein Ding, was? Helfen und so.«

Faye zuckte mit den Schultern. »Elfen helfen. Weiß doch jeder.«

»Na ja, ich habe … noch nie eine Fee getroffen. Ich bin unter Menschen aufgewachsen. Bis ich vier war, wusste ich nicht mal, dass ich ein Vampir bin.«

Faye musterte Vlad, als ob sie ihn in einem neuen Licht sehen würde. »Das muss schwer gewesen sein.«

»War okay. Aber mein Vater hat immer davon geträumt, an einen Ort wie diesen zu ziehen. Er war ganz aus dem Häuschen, als ich die Einladung zur Penner-Akademie bekommen habe …«

»Und deine Mutter?«

Ohne sich darüber bewusst zu sein, fasste Vlad an den Blutsplitter um seinen Hals. Das einzige Andenken an seine Mutter.

»Sie ist bei einem Unfall ums Leben gekommen, als ich noch klein war. Ich kann mich kaum noch an sie erinnern.«

Er hielt den Kristallanhänger hoch. »Das ist alles, was ich von ihr habe …«

Faye beugte sich vor und betrachtete den Kristall mit einem Stirnrunzeln.

»Ein magischer Kristall, oder?«, fragte sie.

»Ja, woher weißt du das?«

»Ich kenne mich mit Kristallmagie ein bisschen aus. Das wollte ich eigentlich später mal studieren, aber …«

»Wuff!«

Urplötzlich war Wolf hinter Faye und Vlad aufgetaucht. Er hielt einen dicken Stock im Mund und hechelte aufgeregt. Faye und Vlad blickten Wolf fassungslos an. Echt jetzt …?

Wolf nahm den Stock aus dem Mund und gab ihn Faye. »Nur einmal. Bitte!«

Faye lächelte und warf den Stock. Wolf hetzte ihm vor Freude aufjaulend hinterher. Vlad blickte seinem neuen Freund kopfschüttelnd hinterher.

Die Helden von Crailsfelden. Das konnte ja was werden …

Kapitel zwölf

Für Vlad war es das erste Mal, dass er die riesige Schulbibliothek betrat. Regal reihte sich an Regal, und es roch so intensiv nach Buchleim und altem Papier, dass man sich vom bloßen Einatmen schon schlauer fühlte. Trotz allem war es eine ganz normale Schulbibliothek.

»Das hatte ich mir jetzt anders vorgestellt«, flüsterte Vlad. »So mit Fackeln an den Wänden und unheimlichen Mönchen und so …«

Faye zuckte mit den Schultern und Wolf deutete in eine entlegene Ecke des Raumes. »Die Tür zur verbotenen Bibliothek ist weiter hinten. Da verstecke ich mich immer vor der Schweinebande.«

Vlad und Faye folgten Wolf um ein paar Regalreihen herum.

»Da!«, flüsterte Wolf schließlich. »Hier ist es!«

Vlad zog die Augenbrauen hoch. »Hätte ich jetzt nicht gedacht …«, sagte er in ironischem Tonfall.

Über einer alten Holztür hing ein riesiges Schild mit großen Lettern:

VERBOTENE BIBLIOTHEK

Wenigstens mussten sie nicht lange suchen. Vlad, Faye und Wolf sahen sich kurz entschlossen an, dann öffnete Vlad die Tür.

Ein langer, dunkler Tunnelgang lag vor ihnen. Sie schlüpften hinein. Als die Holztür hinter ihnen zufiel und die Dunkelheit des Tunnels sie einhüllte, war Vlad doch ganz froh, dass es hier keine unheimlichen Mönche gab. Hoffte er zumindest.

Ein paar Sekunden standen sie in kompletter Dunkelheit, bis Vlad sein Handy aus der Tasche gefingert und die Taschenlampenfunktion eingeschaltet hatte. Dem Lichtstrahl folgend, gingen die drei weiter durch den Gang.

»Da vorne flackert etwas«, flüsterte Faye in die Dunkelheit. Vor ihnen konnte Vlad nun tatsächlich das warme, tanzende Licht einer Fackel erkennen.

Vlad hatte nicht den Eindruck, dass der Gang nach unten führte, trotzdem kam es ihm so vor, als wären sie bereits jetzt tief unter der Erde. Der Gang führte in eine Art runden Vorraum mit kalten, steinernen Wänden. Fackeln an den Wänden tauchten den Raum in schummriges Licht. Eine zweite, direkt gegenüberliegende Tür führte weiter, und in der Mitte des Raumes stand eine Art hölzernes Pult mit darauf montierten Holzklötzen, die wohl Bücherregale symbolisieren sollten. Ein großer Pfeil auf dem Holzpult verkündete in großen Buchstaben SIE SIND HIER!.

»Das ist eine Art Verzeichnis …«, murmelte Vlad.

Faye versuchte mit zusammengekniffenen Augen die kleinen, in das Holz geschnitzten Beschriftungen zu entziffern.

»Äh, Leute …?«, sagte Wolf alarmiert. Irgendetwas war da noch in der Dunkelheit. Aber weder Vlad noch Faye hörten auf ihn.

»Hier steht es!«, sagte Faye. »*Liber Omnis Scientia* – Das Allwissende Buch!«

Wolf schluckte. »Wenn ihr mal ganz kurz …«

»Regal 313«, las Faye weiter.

Vlad runzelte die Stirn. Das war alles ein bisschen zu einfach für eine verbotene Bibliothek. »Ob die uns da einfach so reinlassen – waah!«

Vlad blieb fast das Herz stehen, als er urplötzlich ein tiefes Knurren hörte. Und ehe er überhaupt begriff, was geschah, sah er sich auch schon einem riesigen schwarzen Hund gegenüber, der die Zähne fletschte und ihn mit rot glühenden Augen fixierte.

»Okay«, schluckte Vlad. »Vergesst die Frage!«

Vlad, Faye und Wolf wichen an die steinerne Wand zurück. Der Höllenhund ließ sie nicht aus den Augen. Ein tiefes Knurren grollte aus seiner Kehle. Sabber tropfte von den Reißzähnen. Die Bestie duckte sich, zum Sprung bereit. Das Einzige, was sie noch zurückhielt, war wohl die Frage, wen von den drei Eindringlingen sie als Erstes zerfleischen sollte.

Wolf nahm vorsichtig seinen Tigerrucksack vom Rücken. »O-okay«, sagte er mit zitternder Stimme. »I-ich lenke ihn ab und ihr holt das Buch, okay?«

Faye wagte es nicht, den Hund aus den Augen zu lassen. »Wie willst du das denn machen?«

Ganz langsam, um das schwarze Ungeheuer nicht zu provozieren, zog Wolf etwas aus dem Rucksack heraus.

»Getrocknete Schweineöhrchen«, flüsterte Wolf. »Meine Brotzeit.«

Faye und Vlad blickten Wolf einen Moment fassungslos an, ebenso wie der Höllenhund. Sein Knurren nahm einen interessierten Tonfall an, während er den Geruch der Schweineöhrchen aufnahm und den

Kopf schief legte. Vlad und Faye nahmen das als Zeichen und rannten los, zu der zweiten Tür.

Der Höllenhund beachtete sie kaum und trat stattdessen misstrauisch auf Wolf zu – und schnupperte an dessen Hintern.

»Ja klar«, grinste Wolf verlegen. »Erst mal kennenlernen.«

* * *

Vlad und Faye liefen durch einen weiteren Tunnelgang. Ihre Schritte hallten von den Wänden wider. Alle paar Meter erleuchteten Fackeln den Weg.

»Da!« Vlad deutete nach vorn. Ein Licht am Ende des Ganges. Das musste die verbotene Bibliothek sein! Die beiden liefen schneller – bis Vlad plötzlich aufschrie.

»Faye!«

Vor ihnen tat sich ein schwarzer, bodenloser Abgrund auf.

Faye konnte nicht mehr bremsen, und einen Augenblick lang sah es aus, als würde sie buchstäblich ins Nichts stürzen. Der Abgrund war so tief, dass das Licht der Fackeln an den Wänden ihn nicht erreichte. Im letzten Moment konnte Vlad Faye packen und zurückziehen. Die beiden traten einen Schritt zurück. Sie standen vor einem kreisrunden Raum, über dem sich eine unterirdische Kuppel spannte. Auf der gegenüberliegenden Seite war eine Tür in der Steinwand. Aber dazwischen: nichts.

»Jenseits des Abgrundes des Nichtwissens«, flüsterte Faye, immer noch kreidebleich. Sie versuchte, jeden Blick in die Tiefe zu vermeiden. »So stand es in Hannappels Buch. Wie sollen wir da rüberkommen?«

Vlad räusperte sich. »Fliegen?«, fragte er vorsichtig.

»Auf keinen Fall! Vergiss es!« Faye trat noch einen Schritt weiter vom Abgrund zurück.

»Aber wir müssen da rüber, Faye!«

Faye überlegte, dann machte sich ein triumphierendes Lächeln auf ihrem Gesicht breit. »Es muss einen Weg da rüber geben! Das ist eine Bibliothek – die dient doch sowieso dazu, dass man das Nichtwissen überwindet!«

Faye bückte sich, um einen Stein aufzuheben, der sich aus der Wand gelöst hatte. »Das ist bestimmt nur so eine raffinierte optische Illusion. Pass auf …«

Faye schleuderte den Stein in Richtung Abgrund. Doch wenn sie erwartet hatte, dass der Stein auf einer Art unsichtbaren Boden aufprallen und liegen bleiben würde, hatte sie sich getäuscht. Die Flugbahn des Steins führte direkt in die bodenlose Tiefe.

Vlad konnte sich ein Grinsen nicht verkneifen.

»Ziemlich gute Illusion.«

»Sehr witzig«, erwiderte Faye.

In diesem Moment prallte der Stein endlich irgendwo tief in der Dunkelheit auf. Dann: Ein brausendes Geräusch wie eine heranrollende Brandung – und im nächsten Moment flatterten Hunderte von aufgeschreckten Fledermäusen aus der Tiefe.

Faye schrie erschrocken auf, als die kleinen Blutsauger aufgebracht mit den Flügeln schlagend an ihnen vorbeiflatterten und im dunklen Tunnel das Weite suchten.

Nach ihrem ersten Schreck musste jetzt Faye grinsen: »Bekannte von dir?«

»Sehr witzig«, erwiderte Vlad. Aber die Fledermäuse hatten ihn auf eine Idee gebracht:

»*Nosfahrückwärts*-Sensor!«, rief er aus.

Faye machte ein fragendes Gesicht. »Ich kenne Nosferatu, aber …«

»Fledermäuse haben eingebautes Radar«, erklärte Vlad.

»Klar. Mit Ultraschall.«

Vlad räusperte sich. Nichts war peinlicher, als wenn sein Vater den Vampir-Fledermausschrei beim Rückwärtsparken einsetzte. Aber jetzt war er vielleicht genau das, was ihnen weiterhelfen konnte.

»Du darfst jetzt nicht lachen, okay?«

Vlad holte tief Luft. Dann spannte er die Bauchmuskeln an und versuchte, den schrillen, schnatternden Schrei nachzuahmen, den sein Vater beim Einparken ausstieß.

Aus den Augenwinkeln sah Vlad, wie Faye sich auf die Lippen beißen musste, um ein Grinsen zu verkneifen. Doch dann spürte Vlad das Vibrieren, als die von ihm ausgestoßenen Ultraschallwellen auf ihn zurückfielen. Erst war es ein kleines Kitzeln hinter seiner Stirn. Und dann hatte er plötzlich ein Bild der Umgebung in seinem Kopf. Die Wände, Faye, seine eigenen Hände … all das wurde zu einem Abbild hinter seiner Stirn.

Ein verschwommenes Bild zwar, aber deutlich genug, dass Vlad die für das normale Auge unsichtbaren Säulen ausmachen konnte, die sich aus der Tiefe nach oben erstreckten. Wie Trittsteine in einem Bach. Nur dass der Bach hier ein unergründlicher Abgrund war.

Vlad versuchte, den Schrei so lange wie möglich zu halten, um sich die Position der Säulen genau einzuprägen. Dann ging ihm endgültig die Puste aus.

»Das war, äh … cool«, sagte Faye. »Hast du was gesehen?«

»Ja, da sind so eine Art unsichtbare Säulen. Damit kommen wir rüber. Wenn wir springen.«

Faye blickte erst fassungslos auf Vlad und dann in den bodenlosen Abgrund vor ihr.

Kapitel dreizehn

Im Vorraum zur Bibliothek zog Wolf ein weiteres Schweineöhrchen aus der Tüte heraus. Der Höllenhund fixierte ihn dabei und nahm gleichzeitig die Witterung des neuen Leckerlis auf. Wolf warf ihm das Öhrchen hin, und die Bestie schnappte es gierig aus der Luft, um es am Stück herunterzuschlingen. Dann stieß sie ein tiefes Knurren aus.

Schnell zog Wolf das nächste Öhrchen heraus. Er konnte den Hund verstehen, der Duft war einfach zu verführerisch. Wolf konnte sich nicht beherrschen und knabberte ein winziges Stückchen des Schweineöhrchens ab. *Nur mal probieren.* Der Höllenhund fletschte wütend die Zähne und seine Augen glühten auf.

»Nein, okay. Alles gut. Heute ist Hundi-Tag. Hier!«

Wolf gab dem Hund schnell das angebissene Öhrchen und tastete dann in die Tüte hinein. Viel war nicht mehr drin …

* * *

»Komm schon, du schaffst das. Wir springen zusammen. Du hältst dich einfach an mir fest und machst die Augen zu!«

Vlad stand an der Kante zum Abgrund und hielt Faye aufmunternd die Hand hin.

Das Mädchen war totenblass. »Hast du … hast du dir denn gemerkt, wo diese Säulen sind?«

»Klar. Also, so ungefähr jedenfalls …« Vlad blickte Faye an. »Vertrau mir, okay?«

Faye nahm einen tiefen Atemzug, griff nach Vlads Hand und kniff die Augen fest zu.

Vlad atmete durch. »Jetzt!«, rief er und sprang mit Faye an der Hand ins Nichts. Oder besser gesagt, er sprang dorthin, wo er vorhin durch seinen Ultraschallruf die erste Säule gesehen hatte. So ungefähr, jedenfalls …

Einen Augenblick lang spürte Vlad nur das Rauschen der Luft in seinen Ohren. Sein Magen drehte sich um, als er und Faye der bodenlosen Dunkelheit entgegenstürzten. Hatte er sich komplett verschätzt?

Panik flammte ihn ihm auf und wischte alle Gedanken beiseite. Doch dann passierte das Unfassbare: Seine Füße prallten auf hartem Untergrund auf, und er stand wieder auf festem Boden, auch wenn dieser nicht zu sehen war. Es hatte geklappt: Sie waren auf der unsichtbaren Säule gelandet!

Faye wagte einen vorsichtigen Blick. Ihre und Vlads Füße schwebten scheinbar über dem Nichts. Faye keuchte auf und kniff die Augen wieder fest zusammen. Vlad dagegen lächelte.

»Das hat fast Spaß gemacht!«

»Geht so«, keuchte Faye.

Vlad nahm ihre Hand wieder fester und machte sich bereit zum nächsten Sprung. »Festhalten!«

* * *

Wolf musste seine Hand inzwischen schon sehr weit in die Tüte stecken, um noch ein paar zerbröselte Schweineöhrchen zu ertasten. Bald würden nur noch Krümel übrig sein. Und dann …

»Äh, Leute?!«, rief er in den Gang. »Kommt ihr voran? Wegen mir könntet ihr euch gerne ein bisschen beeilen!«

Der Höllenhund knurrte.

* * *

Beim Sprung auf die letzte Säule verschätzte sich Vlad ein wenig. Er spürte, wie er mit dem Fuß genau auf der Kante aufkam. Beinahe riss der eigene Schwung ihn und Faye in die Tiefe – doch im letzten Moment konnten die beiden mit den Armen rudernd ihr Gleichgewicht wiederfinden.

Vlad stand kalter Schweiß auf der Stirn.

Anschließend mussten sie nur noch direkt auf die Freifläche vor der Tür springen; kaum mehr als ein Katzensprung. Vlad konzentrierte sich – und sprang mit Faye an der Hand ab.

Als sie auf der Freifläche auftrafen, gab Faye ein leises wimmerndes Geräusch von sich. Unendlich erleichtert öffnete sie die Augen und trat mit noch leicht wackeligen Schritten durch die Tür. Nur weg von diesem Abgrund des Nichtwissens!

Der Raum dahinter war mit Abstand der größte der ganzen Bibliothek. Eine fast endlose, kreisrunde Wand zog sich in die Höhe, und beide kamen sich vor wie auf dem Grund eines gewaltigen Brunnenschachtes – nur dass hier Dutzende von Bücherregalen standen, jedes einzelne mindestens zehn Meter hoch.

Faye ging durch die Regalreihen und kontrollierte die angebrachten Nummern. Dann erreichte sie mit Vlad Regal Nummer 313.

»Das war so klar«, seufzte sie.

Das Regal war komplett leer, nur ganz oben, hoch über dem Boden, stand ein einziges Buch.

»Ach komm, so hoch ist das doch gar nicht«, meinte Vlad aufmunternd. »Vielleicht wenn du hochfliegst, ohne hinzusehen?«

»Auf keinen Fall!«, erwiderte Faye entschlossen.

In diesem Moment hallte Wolfs Stimme durch das unterirdische Gemäuer. »Leute? Beeilt euch bitte!«, rief er, gefolgt von einem wütenden Knurren.

Faye wusste, dass ihr keine Wahl blieb. Sie schloss erneut die Augen. Ein paar Sekunden später funkelten die durchscheinenden Elfenflügel auf ihrem Rücken. Im Dämmerlicht des unterirdischen Gemäuers wirkten sie noch strahlender als sonst. Vlad sah staunend zu, wie Faye sich taumelnd in die Luft erhob.

»Muss ich noch höher?«, fragte sie mit zusammengekniffenen Augen.

Vlad seufzte. »Ich fürchte schon.« Trotz des heftigen Geflatters hatte sich Faye kaum mehr als eine Handbreit vom Boden erhoben.

Faye biss die Zähne zusammen. Dann flatterte sie, wild schwankend und torkelnd, tatsächlich immer höher an dem Regal hinauf.

»Äh, gut so! Noch etwas weiter links!«, rief Vlad. Faye hatte das Buch fast erreicht und streckte tastend die Hände aus.

»Ein Stück höher! Jetzt!«

Faye griff blindlings zu, bekam das Buch beinahe zu fassen – und stieß es vom Regal.

Vlad versuchte noch auszuweichen, aber zu spät. Das schwere, in Leder gebundene Buch knallte ihm vor die Stirn. Vlad sah nur noch Sternchen und ging zu Boden.

»Hast du es?«

Vlad stöhnte und rieb sich die Stirn. »Ja. Mitten in die Fresse.«

»Super. Dann komme ich jetzt runter.«

* * *

Mit zitternden Fingern tastete Wolf in die Tüte. Der Höllenhund knurrte drohend und machte einen Schritt auf Wolf zu. Wolf wich zurück, bis er mit dem Rücken an der Wand stand. Verzweifelt schüttete er die Tüte aus. Ein paar armselige Krümel fielen auf den Boden, die der Höllenhund gierig aufleckte.

»Äh, wir sind doch jetzt Freunde, oder?«, fragte Wolf.

Ein bösartiges Knurren des Höllenhundes war die Antwort. Das schwarze Ungeheuer fletschte die Zähne, Geifer sabberte aus seinem Maul. Dann senkte es den Kopf, um Wolf anzuspringen …

… als Faye und Vlad atemlos durch die Tür gehetzt kamen.

»Wo wart ihr denn?«, rief Wolf panisch.

Der Hund war verdutzt herumgefahren und blickte jetzt auf Faye, die ein dickes, altes Buch in den Händen hielt.

»Quatsch nicht! Lauf!«

Faye, Vlad und Wolf rannten los, in den langen, düsteren Tunnel hinein. Die Bestie knurrte wütend auf und setzte ihnen nach. Die drei spürten ihren höllisch heißen Atem in ihrem Rücken. Das reichte als Ansporn, um so schnell zu laufen, wie sie es bestimmt noch nie in ihrem Leben getan hatten. Vlad erreichte als Erster die Tür zur Schulbibliothek. Er riss sie auf und sprang hindurch. Faye und Wolf folgten Augenblicke später.

Der Höllenhund war genau hinter ihnen. Er setzte zum Sprung an und – Vlad knallte ihm die Tür vor der Schnauze zu.

Das dumpfe Geräusch des Aufschlags hallte durch die Schulbibliothek. Dann ein kurzes Aufjaulen und ein langes, wütendes Knurren.

Vlad, Faye und Wolf lehnten sich schwer atmend gegen die Tür. Dann blickte Faye erstaunt auf Wolf.

»Wolf, du hast ja gar nicht geniest!«

Wolf runzelte die Stirn. Er war so damit beschäftigt gewesen, den Höllenhund abzulenken, dass er glatt seine Tierhaarallergie vergessen hatte.

»Stimmt!«, sagte er und lächelte stolz.

Einen Moment später erzitterten die Fenster der Schulbibliothek vom Echo einer gewaltigen Niesexplosion.

Kapitel vierzehn

»Danke, Frau Direktor Penner.«

Barnabas stand in seinem Laden und beendete das Telefongespräch mit sorgenvollem Gesicht.

Plötzlich ertönte von draußen ein lautes Scheppern, gefolgt von einem kurzen Aufschrei. Sekunden später bimmelte das Glöckchen über der Tür, als Frau Circemeyer den Laden betrat.

»Frau Circemeyer«, sagte Barnabas, alles andere als erfreut. Frau Circemeyer kam bestimmt nicht als Kundin, und gerade hatte er ohnehin andere Sorgen. »Ich wollte gerade …«

Weiter kam er nicht, denn Frau Circemeyer trat nah an ihn heran. Barnabas hatte Angst, ihre Nasenspitze könnte ihm ein Auge ausstechen.

»Pssst«, säuselte Frau Circemeyer und presste den Zeigefinger an ihre Lippen. Mit der anderen Hand begann sie, über Barnabas' Hemdkragen zu streichen. Was soll das denn jetzt?, fragte sich Barnabas.

Frau Circemeyer blickte ihm tief in die Augen und klimperte mit den Wimpern. »Mein lieber Herr Tepesz«, hauchte sie mit verführerischer Stimme – oder mit dem, was sie dafür hielt. »Ich habe mir überlegt: Wäre es nicht zu schade, wenn Sie und Ihr Vladdilein Crailsfelden schon wieder verlassen müssten …?«

Barnabas wurde rot und wollte Frau Circemeyer gerade bitten, ein bisschen mehr Abstand zu halten, als die Hexe blitzschnell etwas aus ihrem Mantel zog. Ein kleines Parfümfläschchen mit einer magisch leuchtenden Flüssigkeit darin.

Alarmglocken schrillten in Barnabas' Kopf auf, doch es war bereits zu spät.

Frau Circemeyer drückte auf die kleine Sprühpumpe und ein Nebelstrahl der Flüssigkeit sprühte in sein Gesicht.

Barnabas keuchte auf und versuchte noch, die Luft anzuhalten. Doch dann sah er, wie das strahlende Sonnenlicht Frau Circemeyers honigblonde Haare umspielte.

Wunderschön.

Ein Liebeszauber!, fuhr es Barnabas durch den Kopf. Er wollte sich dagegen wehren … aber andererseits, warum eigentlich? Frau Circemeyer war die schönste Frau, die er je gesehen hatte. Dass ihm das nicht vorher aufgefallen war! Der lange spitze Zinken in ihrem Gesicht war plötzlich ein entzückendes Stupsnäschen. Für einen Augenblick umkreisten sogar kleine Herzchen ihren Kopf, wie bei einem Fotofilter für verliebte Teenager.

Wie reizend.

»Barnabas«, sagte Frau Circemeyer mit lieblicher Stimme, »wenn du deinen Sohn überzeugen könntest, den Blutsplitter zu verkaufen, dann könntet ihr für immer hierbleiben. In Crailsfelden. Bei mir …«

Barnabas hing verliebt an Frau Circemeyers Lippen und kam sich vor wie in einem Traum.

»Ich rede gleich mit ihm«, lallte er mit schwerer Zunge. »Sobald ich weiß, wo er ist …«

Das Lächeln verschwand mit einem Mal aus Frau Circemeyers Gesicht. Die kreisenden Herzchen um ihren Kopf lösten sich mit einem *Plopp* auf.

»Wie jetzt?«, zischte sie.

Auch die Hexennase war wieder an ihrer gewohnten Stelle, was Barnabas aber gar nicht schlimm fand. Es gab Frau Circemeyer eine persönliche Note.

»Er ist aus der Schule weggelaufen. Ich wollte ihn gerade suchen gehen … aber kann ich Sie vielleicht für etwas anderes interessieren?«

Barnabas taumelte verzaubert zu einem Regal. Er hatte die Enttäuschung im Gesicht der Hexe gesehen und wollte sie unbedingt wieder zum Lächeln bringen. Er zog eine vergoldete große Schere aus dem Regal. »Vielleicht hier: der Barthaarschneider des Barbarossa? Ein außergewöhnliches Stück, für die Dame, für den Herren … sozusagen unisex für die Hex!«

Barnabas schnippte mit der Schere in der Luft herum.

»Aber … wo sind Sie denn?«, fragte er voller Enttäuschung in den leeren Laden hinein, als er sich wieder umdrehte.

Frau Circemeyer war verschwunden.

* * *

»Was soll das heißen, der Junge ist nicht zu Hause?!«

Frau Circemeyer hatte diesen idiotischen Vampir in seinem armseligen Laden zurückgelassen und war sofort zum Rathaus zurückgeflitzt, um ihrem Chef Bericht zu erstatten.

»Finden Sie ihn! Ich brauche den Splitter!«, tobte Ziffer.

Frau Circemeyer zog ihren silbernen Taschenspiegel heraus. Sie blickte auf die Spiegelfläche. »Moment ... oh, Mist.«

Sie drängte sich an Ziffer vorbei, Richtung Fenster. »Schlechter Empfang ... kein Witch-Lan hier. So!«

Das Bild im Spiegel klärte sich und zeigte Vlad, Faye und Wolf, die am alten Stadtbrunnen saßen und aufgeregt in ein altes, in dickes Leder gebundenes Buch blickten

»Da sind sie ja, die drei Rotzgören ... was ist denn das für ein Schmöker?«

Ohne Vorwarnung riss Ziffer den Zauberspiegel an sich. »Das ist das *Liber Omnis Scientia*!«, knurrte er. »Die sind uns auf der Spur!«

Mit einem wütenden Aufschrei schleuderte Ziffer den Spiegel gegen die Wand, wo er in tausend Stücke zerbrach. Frau Circemeyer stöhnte innerlich auf: Das war das neuste 666-Modell gewesen. Sündhaft teuer.

»Klar. Das hilft jetzt super«, flüsterte sie leise zu sich.

Ziffer ging auf und ab, die Fäuste geballt und mit einem mordlüsternen Blick in den Augen. »Glücklicherweise habe ich schon vor Jahrhunderten dafür gesorgt, dass niemand zu viel aus diesem verdammten Buch erfährt!«

»Na, dann ist ja gut.«

»Nichts ist gut!«, brüllte Ziffer die Hexe an. »Wenn diese Gören die Bewohner von Crailsfelden warnen, ist alles verloren ...«

Frau Circemeyer lächelte verschlagen. »Das werden sie nicht!« Sie ging zu einem kleinen Kabinettschrank an ihrem Schreibtisch und öffnete ihn. In einer mit Samt ausgeschlagenen Schublade lagen Dutzende von Glasfläschchen, fein aufgereiht wie in einem Waffenschrank.

Es gab ein schrilles Geräusch, als Frau Circemeyer mit ihren langen Fingernägeln liebkosend über die Glasfläschchen fuhr.

»Mal sehen ... Hexensalbe ... Flugzauber ... Schrumpfpulver ... ah!«

Frau Circemeyer zog triumphierend einen der Flakons heraus. »Umkehrfluch!«

Lebendiger, bläulich violetter Rauch drang mit einem bösartigen Zischen aus dem Fläschchen, als die Hexe den Korken herauszog. Der Rauch formte sich zu einer schlangenartigen Form und zog ein paar Loopings.

»Viel Spaß, Süßer! Drehe ihnen die Worte im Mund herum!«, kicherte Frau Circemeyer und öffnete ein Fenster.

Der Rauch drehte sich noch einmal um sich selbst, wie um Witterung aufzunehmen. Dann zischte er zielstrebig aus dem Fenster, auf der Suche nach seinen Opfern.

Kapitel fünfzehn

Das Allwissende Buch roch nach Leder und vergilbtem Pergament. Die Seiten waren dicker, als Vlad es von normalen Büchern gewohnt war, und fühlten sich schwer und ehrwürdig an. Jede Seite war mit der Hand beschrieben. Vlad hatte das Buch auf eine Mauer gelegt und blätterte frustriert darin herum. So viele Seiten, so viel Text, so viel Wissen.

»Okay, wo suchen wir jetzt?«, fragte er ratlos. »P wie Prophezeiung oder B wie Brückentroll oder …«

Alle drei zuckten erschrocken zusammen, als sich die Seiten des Buches urplötzlich ganz von selbst umblätterten. Erst langsam, dann rasend schnell.

»Cool! Ein eingebauter Browser!«, rief Wolf.

Nach ein paar Sekunden hatte das Buch sich selbst auf einer Doppelseite aufgeblättert, die mit einer gruseligen Tuschezeichnung illustriert war: Eine Gruppe von mystischen Wesen hatte sich um einen alten Baum versammelt. Eine Mumie, eine dunkle Fee, ein Werwolf und ein Troll blickten den Betrachter feindselig an. Im selben Augenblick ertönte eine dunkle Stimme, die aus dem Buch zu kommen schien und auch wieder nicht. Vlad glaubte, sie direkt in seinem Kopf zu hören, und den erstaunten Blicken der anderen zufolge, ging es ihnen auch so.

»Wisse, oh Leser«, setzte die Stimme an, *»dass vor langer Zeit, als die Nächte noch dunkel waren, die Welt von den Kreaturen der Nacht beherrscht wurde.«*

Vlad, Faye und Wolf sahen staunend zu, wie die Tuschezeichnung plötzlich zum Leben erwachte. Die gezeichneten Nachtkreaturen versteckten sich hinter dem Baum, als ein argloser Menschenjunge des Weges kam. Heimtückisch schwebte die böse Fee in der Zeichnung vom Baum herunter und umschlang den erschrockenen Jungen mit ihren stacheligen Schwingen.

Faye schauderte und die Stimme erzählte weiter: *»Gestaltwandler, Vampire, Werwölfe, böse Feen, Hexen, Zombies, Mumien, Nachtelben, Trolle und viele andere magische Wesen verbreiteten Angst und Schrecken unter den Menschen …«*

»Wau!«, rief Wolf fasziniert und berichtigte sich dann schnell. »Äh, ich meine: Wow! Wie fies!«

»Doch die Jahrhunderte vergingen, und so veränderten sich die magischen Wesen im Laufe der Zeit. Aus den einst furchteinflößenden Monstern wurden friedliebende Geschöpfe. Einige lebten friedlich unter den Menschen …«

»So wie ich und mein Vater!«, rief Vlad.

»Andere Nachtwesen zogen sich in die wenigen geheimen Orte auf der Welt zurück, die man nur durch die besonders geschützten magischen Wälder erreichen kann.«

Faye nickte. »So wie wir, in Crailsfelden.«

Dann erschien auf der Seite die Zeichnung eines bösartig dreinblickenden Mannes mit Spitzbart, Hörnern und einem stechenden Blick. Vlad, Faye und Wolf schauderten unwillkürlich zurück.

Schon bei ihrer Ankunft in Crailsfelden geht es für Vlad und seinen Vater nicht gut los – was will der unheimliche Brückenwärter von Vlad?

Ein seltsamer Unfall passiert ...

Was hat Vlads Glücksbringer damit zu tun – der Kristall-Anhänger, den seine Mutter ihm einst geschenkt hat?

Die »Penner-Akademie« ist die berühmteste magische Schule der Welt. Hier wimmelt es nur so von Schülern mit übernatürlichen Fähigkeiten.

Die »Schweinebande« macht ihren Mitschülern vom ersten Schultag an das Leben schwer.

Vlad verwandelt sich in einen Vampir – der allerdings kein Blut sehen kann.

Vlads Mitschüler Wolf verwandelt sich in einen Werwolf. Dummerweise mit einer schlimmen Tierhaarallergie ...

Seine Mitschülerin Faye entdeckt ihre Flugkünste. Leider muss sie kurz darauf feststellen, dass sie Flugangst hat.

Die »Schweinebande« hat Vlads, Fayes und Wolfs Blamage gefilmt und verbreitet sie über WhatsAppRakadabra.

Auch Bürgermeister Ziffer führt nichts Gutes im Schilde.

Ziffer und Frau Circemeyer schmieden einen teuflischen Plan.

Sie wollen Vlads Vater überreden, ihnen den Blutsplitter-Kristall zu geben.

Vlad, Faye und Wolf haben die Nase voll von der Schule und wollen aus Crailsfelden abhauen.

Plötzlich versperrt ihnen mitten im Wald der Brückenwärter den Weg. Er verbietet Vlad und seinen Freunden, zu gehen, »bevor sich erfüllt hat, was geschrieben steht«.

Der Bucklige wird immer bedrohlicher, er wird größer und größer ...

Fassungslos und ohnmächtig stehen ihm die drei Freunde gegenüber.

Hausmeister Hannapel rettet die drei in letzter Sekunde und nimmt sie zu sich nach Hause.

In Hannapels Büchern lesen die drei nach, was es mit der geheimnisvollen Prophezeiung auf sich hat.

Hannapel weiß vieles über Crailsfelden und seine Geschichte. Nur bei seinen Zaubereien geht öfter was schief.

Heimlich schleichen die drei sich in die Schulbibliothek.

Sie wollen in der Bibliothek das Allwissende Buch suchen. Darin soll mehr über die Prophezeiung stehen.

In der verbotenen Bibliothek lauern allerhand Überraschungen und Gefahren.

Die drei müssen Rätsel lösen und sich ihren Ängsten stellen.

Das gesuchte Buch befindet sich in schwindelerregender Höhe. Und Faye hat Flugangst ...

Das Allwissende Buch gibt sein Wissen über die uralte Prophezeiung preis.

Die ahnungslosen Bewohner von Crailsfelden freuen sich auf die Sonnenfinsternis. Es herrscht Volksfestatmosphäre.

Der Moment ist gekommen: Die Sonnenfinsternis setzt ein.

Die Uhr schlägt dreizehn und die Prophezeiung erfüllt sich.

Bürgermeister Ziffer – Luzifer – steht kurz vor seinem Ziel … Was kann ihn jetzt noch aufhalten?

Frau Circemeyer zeigt sich unterdessen als die Hexe, die sie ist, und geht auf Vlads Vater los.

Als Vlads Vater bewusst wird, in welcher Gefahr sein Sohn sich befindet, verwandelt er sich in einen Vampir.

Werden die drei ungleichen Freunde Crailsfelden vor dem Bösen bewahren können ...?

»Doch einer wollte sich nicht geschlagen geben«, verkündete das Buch. *»Fürst Luzifer, der Schreckliche! Der Fürst der Finsternis hat nur ein Ziel: alle friedlichen magischen Wesen wieder in blutrünstige Kreaturen der Nacht zurückzuverwandeln und sie damit zu seinen Sklaven zu machen! Zu einer bösen Armee der Finsternis unter seinem Befehl – um damit die Welt der Menschen zu erobern!«*

Die Illustration Luzifers verblasste, um einer Zeichnung zu weichen, auf der eine ganze Armee aus bösartigen Nachtwesen auf eine Gruppe verängstigter Menschen zustürmte.

»So wisse dies und erschaudere: Zur 13. Stund, wenn …«

Wieder blätterte sich das Buch von selbst um. Und die Stimme verstummte mitten im Satz.

»Wenn was?«, fragte Faye.

Vlad blickte auf die neue Seite. Oder besser dahin, wo die nächste Seite hätte sein sollen. Jemand hatte sie herausgerissen. Die Ränder waren schwarz, wie verkohlt.

Die drei blickten sich an.

»Verdammt«, murmelte Faye. »Ausgerechnet. Okay, was könnte gemeint sein? Zur 13. Stund macht Luzifer irgendetwas, um alle Fabelwesen wieder böse zu machen. Aber was?«

»Eine dreizehnte Stunde gibt's doch gar nicht!« Wolf zuckte ratlos mit den schmalen Schultern.

»Na, scheinbar doch! Und dann wird der alle Bewohner von Crailsfelden wieder zu Monstern machen und versklaven! Das dürfen wir nicht zulassen!«

Vlad nickte. Er verspürte nicht die geringste Lust, zu einem blutdürstigen Vampir zu werden und Menschen auszusaugen. »Wir müssen unseren Eltern Bescheid sagen«, schlug er vor. »Sofort. Und danach telefonieren wir!«

Faye und Wolf nickten. Vlad klemmte sich das Buch unter den Arm und rannte los. »Bis nachher!«

Kapitel sechzehn

Was für ein Tag, dachte Vlad, als er mit dem Allwissenden Buch unter dem Arm durch eine schmale Gasse in Richtung des Antiquitätenladens lief. Doch plötzlich hatte er das unheimliche Gefühl, verfolgt zu werden.

Vlad blickte über die Schulter. Hinter ihm war kein Mensch – aber was war das? Eine seltsame, fast wie eine Schlange geformte Rauchwolke sauste direkt auf ihn zu!

Was immer das war, Vlad wollte es gar nicht so genau wissen. Er packte das alte Buch fester und rannte weiter, so schnell er konnte. Er musste den Laden seines Vaters erreichen, dann war er in Sicherheit. Hoffte er zumindest.

Endlich war das Antiquitätengeschäft in Sicht. Vlad rannte, bis seine Lungen brannten, erreichte die Ladentür, stieß sie auf – und machte den Fehler, sich auf der Schwelle noch einmal umzudrehen.

Mit einem bösartigen Zischen raste die bläuliche Rauchwolke direkt in Vlads Mund! Vlad hustete würgend. Einen kurzen Moment hatte er einen fiesen, etwas schwefeligen Geschmack im Mund. Und dann … passierte gar nichts.

Was immer das für ein Zauber gewesen war und wer immer ihn geschickt hatte, es war wohl eine glatte Fehlzündung gewesen.

Hustend, aber erleichtert, stolperte Vlad in den Laden. Barnabas trat hinter der Theke hervor und ging besorgt auf ihn zu. Besorgt, aber auch irgendwie mit einem leicht verträumten Gesichtsausdruck.

»Vlad! Da bist du ja! Alles in Ordnung?«

Nein, wollte Vlad erwidern. Aber zu seiner eigenen Überraschung hörte er im selben Augenblick seine Stimme sagen: »Ja! Alles super!«

Vlad war fassungslos. Hatte er das gerade wirklich gesagt? Und warum? Er wollte doch seinem Vater von Luzifer und dessen teuflischen Plänen berichten. Was zum Teufel war das?

Barnabas lächelte erleichtert. »Schön. Ich hatte mir schon Sorgen gemacht.«

Zu Recht,! wollte Vlad sagen. Aber heraus kam: »Warum denn, Dad? Dazu gibt es gar keinen Grund! Niemand will uns doch hier etwas tun!«

Das stimmt nicht, dachte Vlad. *Luzifer will uns alle versklaven! Warum kann ich das nicht sagen?!*

Vlads Gesichtsausdruck musste blankes Entsetzen widerspiegeln, aber Barnabas lächelte nur glückselig.

»Eben. Und deshalb …« Barnabas räusperte sich. »Vlad, hör mal. Die Frau Circemeyer, die Assistentin des Bürgermeisters, war vorhin hier. Sie würde uns ein hübsches Sümmchen für den Blutsplitter zahlen.«

Für den Blutsplitter? Mamas Blutsplitter? Das Einzige, was ich von ihr habe?, dachte Vlad. Und sagte: »Was?! Das ist ja super!«

Barnabas blickte seinen Sohn verständnisvoll an. »Vlad, bevor du etwas sagst: Ich weiß, er ist ein Andenken an deine Mutter und du hängst sehr daran. Aber …«

Barnabas stutzte. »Hast du gerade super gesagt?«

Vlad wollte den Kopf schütteln. Aber was immer ihn dazu brachte, genau das Gegenteil von dem zu sagen, was er dachte, zwang ihn jetzt auch dazu, mit dem Kopf zu nicken.

Barnabas strahlte und umarmte Vlad. »Ich bin froh, dass du das auch so siehst. Wenn wir den Splitter verkaufen, kannst du hier an der Schule bleiben. Und ich bei Frau Circemeyer.«

Das durfte doch alles nicht wahr sein. Vlad riss sich aus der Umarmung seines Vaters los und rannte die Stufen hinauf.

»Vlad? Was ist denn?!«

Aber Vlad hatte schon sein Zimmer erreicht und warf die Tür hinter sich zu. Er versuchte, ganz ruhig zu bleiben, obwohl er spürte, wie kalte Panik ihn ihm hinaufkroch. Was immer dieses Rauch-Ding gewesen war, es drehte ihm seine Worte im Mund herum. Wortwörtlich. Was sollte er jetzt nur machen? Wie sollte er seinem Vater – oder sonst wem – klarmachen, in welcher Gefahr sie alle schwebten? Und warum war sein Vater so seltsam drauf und wollte den Blutsplitter verkaufen?

Es klopfte vorsichtig an der Tür. »Vlad? Was ist denn los? Kann ich reinkommen?«

Nein, nein, nein. Nicht jetzt!

»Ja, sicher!«, hörte Vlad seine eigene Stimme sagen.

Kurz entschlossen schob er die alte Kommode vor die Tür, um diese zu verrammeln.

Barnabas konnte sie nur noch einen Spaltbreit öffnen. »Vlad, was ist denn los mit dir? Wir können über alles reden.«

Nein! Eben nicht!

»Ich weiß, Dad! Ich sage ja auch alles, was ich denke!«

Es war zum Verrücktwerden.

»Schön. Es ist total wichtig, dass wir keine Geheimnisse voreinander haben«, erwiderte Barnabas. »Also, wegen Frau Circemeyer. Sie ist eine wirklich sehr nette Frau.« Barnabas gluckste verliebt. »Mit einem ganz bezaubernden Näschen. Vielleicht magst du sie auch mal kennenlernen.«

Die Frau, die mir den Blutsplitter wegnehmen will? Ganz bestimmt nicht!

»Fände ich super! Ich habe auch gerade überhaupt keine anderen Sorgen!«

»Das freut mich«, sagte Barnabas durch die Tür. »Du könntest morgen vor der Schule mitkommen, ins Rathaus. Wenn ich ihr den Blutsplitter verkaufe. Magst du ihn mir schon mal geben? Dann könnte ich ihn polieren, ein schönes Schmuckkästchen dazu, Schleifchen drum …«

»Ja, gern!«

Vlad umklammerte den Blutsplitter instinktiv fester und knallte mit dem Fuß den Spalt in der Tür endgültig zu.

Vor der Tür stieß Barnabas ein kurzes »Au!« aus, als er die Tür vor die Stirn bekam. Dann schüttelte er den Kopf und ging wieder die Treppe hinunter. »Wahrscheinlich war ich in der Pubertät auch so. Vor 300 Jahren …«, murmelte Barnabas zu sich.

In seinem Zimmer ließ sich Vlad aufs Bett fallen. Er musste die anderen anrufen und ihnen alles erzählen. Aber Vlad hatte das ungute Gefühl, dass Faye und Wolf schon allzu gut Bescheid wussten …

Kapitel siebzehn

Vlad sollte recht behalten. »Lass mich raten«, hatte Faye am Telefon gesagt, »du wolltest deinen Vater warnen, und es kam immer genau das Gegenteil von dem raus, was du sagen wolltest.«

Wolf, der sich in den Chat mit eingeschaltet hatte, war es ähnlich ergangen: »Ich habe so viel Quatsch geredet, dass meine Eltern schon wieder Doktor Frankenberg rufen wollten. Der ist nur nicht gekommen, weil mein Vater ihn neulich fast ins Bein gebissen hat!«

Faye hatte in einem Buch über illegalen Zauber und Hexenmagie nachgeschlagen. Was sie alle drei da erwischt hatten, war ein Umkehrfluch. Ein fieser und zudem illegaler Zauber, der bewirkt, dass man immer das Gegenteil von dem sagen muss, was man eigentlich sagen will. Nur weil sie alle drei vom selben Fluch betroffen waren, konnten sie untereinander frei reden. So hatte Faye es zumindest erklärt.

Und alle drei waren sich darüber im Klaren, was dieser Umkehrfluch für sie bedeutete: Sie mussten allein und auf sich gestellt herausbekommen, was Luzifer vorhatte.

Vlad hatte vorgeschlagen, weiter in dem Allwissenden Buch nachzulesen. Die wichtigsten Seiten waren zwar herausgerissen, aber vielleicht stand ja noch irgendetwas anderes drin, das ihnen weiterhelfen konnte. Ein Allwissendes Buch musste ja zu irgendetwas gut sein.

Die anderen hatten ihm zugestimmt. Faye wollte in ihren Büchern nachlesen, wie man magische Wesen überhaupt böse machen kann. Wolf hatte die Aufgabe übernommen, herauszufinden, was es mit dieser *dreizehnten Stunde* auf sich haben könnte.

Am nächsten Morgen um acht Uhr würden sie vor ihren Eltern so tun, als ob sie wieder zur Schule gingen. Aber in Wirklichkeit hatten sich alle drei für Punkt acht Uhr am alten Brunnen verabredet, um ihre Ergebnisse auszutauschen.

Und so saß Vlad nun seit Stunden am Schreibtisch, über das Allwissende Buch gebeugt. Das Problem war nur: In dem Buch stand wirklich alles drin. Es war ungefähr so, als hätte man das Internet mit all seinen nützlichen und völlig nutzlosen Informationen irgendwie zwischen zwei Buchdeckel gequetscht. Ohne funktionierende Suchmaschine.

Nicht zu wissen, nach was man eigentlich suchte, brachte offenbar auch die magische Stimme des Buches zum Schweigen. Vlad kämpfte sich jetzt schon seit Stunden durch das Buch, Seite um Seite um Seite …

»… so folgte Crailsbert III. auf Ulfrath, den Ungehaltenen, der wiederum …«, las Vlad gelangweilt und blätterte weiter.

»… vollendete Alraun von Götze seine berühmte Ode an Crailsfelden am 17.3.1456 um 12 Uhr 47 …«

Vlad seufzte. Wer hätte gedacht, dass es so langweilig war, alles zu wissen. Er spürte, wie seine Augenlider immer schwerer wurden.

»… während in der Zwergenschmiede gleichzeitig ein Sack Kohle umstürzte und …«

Vlad fielen die Augen zu. Nicht mal, als er mit der Stirn auf der Schreibtischplatte aufschlug, konnte ihn das aufwecken.

* * *

Erst als die Morgensonne durch das Fenster auf sein Gesicht strahlte, schlug Vlad wieder die Augen auf. Er fühlte sich immer noch gerädert von der langen Nacht mit dem Buch. Und frustriert, weil er nichts herausgefunden hatte, was sie irgendwie weiterbrachte. Hoffentlich waren die anderen erfolgreicher gewesen.

Vlad schlurfte ins Badezimmer, absolvierte eine kurze Katzenwäsche, zog sich an und putzte sich die Zähne.

Wow, dachte er, als er in den Spiegel blickte. Sein Spiegelbild war schon immer etwas verwaschen und unscharf gewesen – aber jetzt war es ganz weg! Im Spiegel über dem Waschbecken sah er nur die Zahnbürste, die scheinbar von selbst hin und her huschte und Zahnpastaschaum auf unsichtbare Zähne verteilte.

Normalerweise hätte Vlad seine spiegelbildliche Unsichtbarkeit erst einmal ausgiebig getestet und damit experimentiert, aber jetzt erinnerte sie ihn nur daran, dass er zu einem waschechten Vampir geworden war, der kein Blut sehen konnte. Na, wenigstens musste er diesem Loser im Spiegel nicht in die Augen sehen.

Vlad seufzte und spuckte die Zahnpasta aus. Im selben Moment tönte ein schwerer Glockenschlag vom Rathaus durch das offene Badezimmerfenster.

Viertel vor acht. Er musste sich beeilen. Er war spät dran und es wurde Zeit für das Treffen mit …

Vlad stutzte. *Zeit*

Irgendetwas in seinem Kopf machte *klick*. Vlad nahm den Blutsplitter in die Hand und hielt ihn hoch. Ein Sonnenstrahl ließ den Kristall hell aufglühen. Gleichzeitig verhallte draußen der letzte Glockenschlag der Rathausuhr.

Vlad erinnerte sich an seine Ankunft in Crailsfelden. Sie waren am Rathaus vorbeigefahren und sein Vater hatte ein uraltes Gedicht rezitiert.

Die Ode an Crailsfelden. *»Wenn Crailsfeldens Rathaus 13 schlägt, die Welt, die du kennst, bald untergeht …«*, oder so ähnlich.

Und ein paar Sekunden später hatten sie mit dem Leichenwagen diesen Kurierfahrer gerammt, dessen Bike sich plötzlich in ein altmodisches Hochrad zurückverwandelt hatte. Und dabei hatte sein Blutsplitter aufgeglüht!

Vlad schluckte und blickte auf sein nicht vorhandenes Spiegelbild. Dann lief er zurück in sein Zimmer, zog sich an, warf das Allwissende Buch in seinen Schulrucksack und rannte los.

Als Vlad kurz darauf den vereinbarten Treffpunkt am Brunnen erreichte, warteten Faye und Wolf schon ungeduldig. »Hey Vlad!«, rief Wolf, der sich scheinbar schon mit Faye ausgetauscht hatte. »Diese dreizehnte Stunde! Ich weiß, was das bedeutet! Das ist so ein altes Gedicht! Über die Rathausuhr von Crailsfelden.«

»Ich weiß.« Vlad musste erst einmal durchatmen. »Von Alraun von Götze, vollendet am 17.3.1456 um 12:47 Uhr.«

Wolf und Faye blickten Vlad groß an, aber Vlad deutete nur auf das Allwissende Buch, das aus seinem Rucksack herausschaute. »Ich habe darin alles darüber gelesen.«

»Und ich habe nur einen Weg gefunden, wie man Nachtwesen wieder böse machen kann«, meldete sich Faye zu Wort. »Das geht nur mit dunkler Kristallmagie. Indem man …«

Wieder vollendete Vlad den Satz. »… indem man die Zeit zurückdreht.«

Als Antwort auf die fragenden Blicke seiner beiden Freunde hielt Vlad den Kristallsplitter hoch. »Gleich als ich mit meinem Vater hier angekommen bin, hat mein Blutsplitter angefangen, warm zu werden und zu leuchten. Und als wir am Rathaus vorbeigefahren sind, wurde es richtig wild. Im selben Moment sind Sachen irgendwie in der Zeit zurückgefallen.«

Faye blickte auf den Rathausturm, der sich hinter ihnen über die Dächer der Altstadt erhob. »Am Rathaus …«

»Genau. Wenn die Rathausuhr 13 schlägt, dann geht die Welt unter. Auf jeden Fall scheint dieser Zeitzauber irgendwie mit meinem Blutsplitter zusammenzuhängen.«

Faye runzelte die Stirn. »Nichts gegen deinen Kristall, Vlad, aber der ist längst nicht groß genug für einen so mächtigen Zauber. Es sei denn …«

Faye und Vlad tauschten einen Blick aus. »Es sei denn, irgendwas da drinnen verstärkt den Zauber«, sagte Vlad.

Alle drei blickten auf den düsteren Rathausturm. Und wie aufs Stichwort begann die Rathausuhr tief und dumpf acht Uhr zu schlagen. Faye, Vlad und Wolf nickten sich zu. Die Schule würde auch heute wieder warten müssen.

Kapitel achtzehn

Auf dem Rathausplatz herrschte reges Treiben. Handwerker hämmerten an Holzbuden, Lieferanten luden Getränkefässer aus Lastwagen ab, Geschäftsleute standen auf Leitern und spannten Seile mit Fähnchen über den Platz.

Stimmt, dachte Vlad, dieses Sonnenfinsternis-Festival. Die Bewohner der Stadt ahnten ja nicht, dass ihnen ein viel schlimmeres Ereignis bevorstand.

Vlad, Faye und Wolf gingen möglichst unauffällig an den Handwerkern vorbei. Zwei etwas ältere, aufgetakelte Mädchen kreuzten ihren Weg und beachteten sie gar nicht. Sie waren beide kichernd und gackernd mit ihren Handys beschäftigt.

Doch kaum war Vlad in den Schatten des Rathausturms getreten, spürte er etwas Warmes an seiner Brust. Er blickte an sich hinab. Der Blutsplitter an seinem Hals glühte auf. Vlad spürte ein kleines Ziehen, so als ob der Kristall von irgendetwas magnetisch angezogen wurde. Oder besser: magisch angezogen wurde.

Plötzlich kreischte eines der beiden Mädchen schrill auf. Entsetzt blickte es auf das nun kleinere Smartphone in seinen Händen. »Mein … mein 10er-Modell!«, kreischte es entsetzt. »Es ist … zu einem Fünfer geworden!«

Ihre Freundin blickte geschockt auf das urplötzlich veraltete Handymodell in der Hand ihrer Freundin. »Iihh! Mach es weg! Mach es weg!«

Das erste Mädchen schleuderte das Handy von sich wie ein ekliges Insekt. Dann rannten beide Freundinnen kreischend davon. Vlad, Faye und Wolf blickten sich an.

»Eindeutig Zeitzauber«, sagte Wolf trocken und Faye nickte. »Eindeutig.«

Vlad deutete auf die kleine Polizeiwache, die gleichzeitig den Zugang zum Rathaus bildete. »Los, kommt!«

Faye hielt ihn zurück. Sie zeigte auf den alten, vor dem Rathaus geparkten Polizeiwagen. »Heute ist Schule. Und wir schwänzen! Das schnallt sogar Schnappauf.«

Wolf strahlte. »Okay, ich besorge uns Enterhaken. Vlad lenkt Schnappauf ab. Dann klettern Faye und ich durch die Fenster rein. Kriechen durch die Lüftungsschächte und …«

Vlad klopfte seinem Freund auf die Schulter. »Gute Idee. Aber ich habe vielleicht noch eine bessere …«

Kurz darauf blickte Wachtmeister Schnappauf, der vor einer Reihe altmodischer Überwachungsmonitore saß, von seiner Pausenstulle auf. Faye und Wolf waren von draußen in den Flur getreten und steuerten auf Schnappaufs Empfangstheke zu.

Bevor die Tür wieder hinter ihnen zuschlug, schlüpfte auch Vlad hinein und huschte hinter eine Säule.

»Was wollt ihr denn hier?«, grunzte Schnappauf missmutig und wischte sich ein paar Krümel seines Frühstücksbrotes aus dem mächtigen Schnurrbart.

»Äh, hallo! Heute ist Schulausflug, mit Besichtigung des Rathauses«, sagte Faye mit ihrem unschuldigsten Lächeln. »Wir sind nur ein bisschen früh dran.«

Der Polizist runzelte die Stirn. »Da weiß ich nichts von! Euer Lehrer soll sich bei mir melden. Und ihr wartet draußen!«, befahl er mit strenger Stimme.

Faye nickte und Wolf salutierte. Der Polizist wollte sich schon wieder seiner Stulle zuwenden, als Faye mit einem faszinierten Blick auf die Monitore hinter der Theke deutete. Anscheinend waren überall im Rathaus Kameras angebracht, mit denen der Polizist alles überwachen konnte.

»Ist Ihnen schon einmal aufgefallen, dass Ihre Monitore alles seitenverkehrt zeigen?«

»Was?« Schnappauf wandte sich den Monitoren hinter ihm zu.

Im selben Augenblick rannte Vlad geduckt los, an der Empfangstheke des kleinen Polizeireviers vorbei und weiter ins Rathaus hinein. Faye hielt den Atem an – aber auf Schnappaufs Monitor, der den Flurbereich zeigte, war nur eine vorbeihuschende, unscharfe Schliere zu erkennen.

Schnappauf bemerkte die Schliere auf dem Monitor nicht oder maß ihr keine Bedeutung bei. Wie sollte er auch ahnen, dass das keine Bildstörung war, sondern ein Vampir, der in Spiegeln und auf Kamerabildern unsichtbar war.

Kaum war Vlad vorbeigehuscht, drehte sich der Wachtmeister wieder zu Faye und Wolf um.

»Wenn ich winke, sehen Sie meine linke Hand und nicht die rechte«, sagte Faye und führte es Schnappauf vor.

Der Polizist stutzte verwirrt. »Natürlich sehe ich deine linke Hand!«, grummelte er. »Also, von dir aus gesehen! Von mir aus ist es die rechte. Und auf dem Monitor deshalb die … äh …«

Schnappauf schaute erneut auf die auf dem Monitor winkende Faye, dann wieder auf die echte Faye und noch einmal zurück. Links? Rechts? »Ist ja auch egal!«, brummte er schließlich. »Verschwindet!«

Faye blickte den Wachtmeister bewundernd an. »Sie sind so schlau!«

Dann nickte sie Wolf zu und beide traten wieder ins Freie.

Wachtmeister Schnappauf schaute den beiden hinterher. Dann strich er sich stolz über den Schnurrbart. »Natürlich bin ich schlau«, murmelte er zufrieden zu sich selbst. »Ich bin ja Polizist.«

Und während Schnappauf sich wieder seiner Stulle widmete, schlich Vlad weiter durch die Gänge des Rathauses. Das alte Gebäude war riesig, und Vlad hatte keine Ahnung, wonach er suchte, aber das war egal: Er konnte spüren, wie der Kristall von irgendetwas angezogen wurde. Er folgte dem leichten Zerren des Kristalls die Gänge entlang und die Treppe hinauf.

Wie gut, dass niemand sonst hier ist, dachte Vlad und wunderte sich ein bisschen. Sollten in so einem Rathaus nicht viele Angestellte und Beamte arbeiten? Wo waren die denn alle? Auch auf dem neuen Gang, den er entlangschlich, war es totenstill.

Vlad hätte das besser nicht gedacht. Genau in diesem Augenblick hörte er schlurfende Schritte hinter der Ecke des Ganges vor ihm.

Verdammt. Es gab keine Möglichkeit, sich hier zu verstecken. Vlad hielt den Atem an und überlegte sich schon eine Ausrede, um sein Hiersein an einem Schultag zu erklären

… als der Zombie um die Ecke bog.

Vlad blieb das Herz stehen. Ein Zombie! Er hatte schon viel von diesen untoten Wesen gehört, aber er hatte noch nie einen leibhaftigen Zombie gesehen.

Die Augen der Kreatur lagen tief in den Höhlen, die Haut war grünlich und halb vergammelt. Und in seinen halb verwesten Händen hielt er … eine Aktenmappe?!

Im selben Augenblick klingelte Vlads Handy und er bekam zum zweiten Mal innerhalb von wenigen Sekunden fast einen Herzinfarkt.

Der Zombie dagegen schien sich weder an dem Klingeln zu stören noch irgendeinen Appetit auf Vlads Gehirn zu verspüren. Mit starrem Blick schlurfte er an Vlad vorbei, der sich so flach wie möglich an die Wand drückte. Eine Wolke aus Tod und Verwesung stieg in Vlads Nase, und erst als der Untote an ihm vorbei war, wagte es Vlad, ans Handy zu gehen.

»Wolfsgrube an Agent Fledermaus.« Wolfs Stimme am anderen Ende. »Hast du schon was gefunden?«

»Nee. Aber hier sind Zombies!«, keuchte Vlad, immer noch mit klopfendem Herzen.

Am anderen Ende der Leitung meldete sich Faye zu Wort: »Das habe ich gelesen. Die Stadt muss sparen. Deshalb haben sie die Beamten durch Zombies ersetzt. Die arbeiten genauso schnell, kosten nichts und keiner merkt den Unterschied. Also keine Angst: Die tun nichts!«

Vlad atmete durch. Das hätte sie ihm auch früher sagen können. Aber egal: Der Blutsplitter um seinen Hals wurde jetzt immer stärker von einer unbekannten Macht angezogen. Er zerrte jetzt an dem Lederband um Vlads Hals. »Mein Kristall dreht gleich durch. Ich glaube, er wird von irgendwas im Turm nach oben gezogen.«

»Sei vorsichtig«, bat ihn Faye.

Vlad nickte und erreichte eine alte Holztreppe, die steil nach oben führte. Er atmete durch und ging hoch. Der Kristall zog und zerrte wie wild, und zwar genau auf die hölzerne Falltür am Ende der Treppe zu. Vlad drückte dagegen und die Tür gab nach. Er klappte sie nach oben auf – und war einen Augenblick lang geblendet. Glühend rotes Licht hüllte ihn ein und Vlad keuchte unwillkürlich auf.

»Was ist? Was siehst du?«, fragte Faye durchs Handy, aber Vlad war zu fasziniert, um zu antworten.

Die Falltür führte direkt auf die offene Zinne des Turms. Genau in der Mitte ruhte ein riesiger, blutrot glühender Kristall auf einem Gestell aus Knochen. Der Kristall pulsierte vor magischer Energie, und Vlad spürte, wie sein Blutsplitter im selben Rhythmus mit aufglühte.

»Vlad?!« Fayes Stimme klang verzerrt durch den Hörer.

»Ich bin im Turmzimmer. Hier ist … ein riesiger Kristall!«

Vlad wagte sich vorsichtig näher. Das Glühen des großen Kristalls wurde noch stärker, so als würde er Vlads Gegenwart spüren. Oder besser: die Gegenwart des Blutsplitters an Vlads Hals. Das Lederband schnitt förmlich in Vlads Hals, so stark wurde der Blutsplitter von dem Kristall angezogen.

Und jetzt sah Vlad auch, warum: Der große Kristall war aus Hunderten kleinerer Kristalle zusammengesetzt. Nur eine einzige Lücke klaffte noch ihn ihm. Eine Lücke, in die Vlads Blutsplitter perfekt hineinpassen würde, wie ein letztes fehlendes Puzzlestück.

»Nein!« Vlad schrie auf, als sein Blutsplitter mit einem gewaltigen Ruck in genau diese Lücke gezogen wurde. Das Lederband war jetzt zum Zerreißen gespannt.

»Vlad! Vlad! Was ist denn?!«, rief Faye durch das Handy, ihre Stimme vor atmosphärischem Rauschen kaum zu verstehen.

Vlad antwortete nicht. Er zog noch einmal so fest er konnte an seinem Blutsplitter und konnte ihn Zentimeter für Zentimeter von der unheilvollen Anziehungskraft des großen Steins loseisen.

Noch ein letzter Ruck, dann taumelte Vlad zurück, verlor fast das Gleichgewicht, rappelte sich auf und rannte zurück zur Falltür. Nur weg hier! Er wusste zwar nicht, was passieren würde, wenn sein Blutsplitter und der große Kristall zusammenkamen, aber eins war ihm klar: Es würde nichts Gutes sein.

Kapitel neunzehn

Frau Circemeyer hielt sich den schmerzenden Zeigefinger. »Ein Zeitzauber! Ganz sicher«, keifte sie und präsentierte Ziffer den angeschwollenen Finger. »Ich hatte gerade etwas in den Computer getippt, als sich das Ding plötzlich in so eine uralte mechanische Schreibmaschine zurückverwandelt hat. Ich habe mir voll den Finger eingeklemmt!«

Ziffer beachtete sie gar nicht. Sein Gesicht glühte im Schein des Kristalls rot auf.

»Das war diese Vampirbrut. Er war hier, mit seinem Blutsplitter.« Ziffer fuhr mit den Fingerspitzen fast zärtlich über den großen Kristall, in dem immer noch eine letzte Lücke klaffte wie eine gezackte Wunde. »Ich kann die Energie fast noch spüren. Fast wäre der Kristall komplett gewesen …«

Dann knurrte er wütend auf. »Tausend Jahre habe ich die Welt durchstreift, habe ich das Blut großer Zauberer vergossen, um jeden einzelnen Splitter zu finden und zu besitzen. Und jetzt … ist der letzte Splitter in der Hand eines lächerlichen Kindes!« Ziffer wandte sich der Hexe zu. »Finden Sie ihn! Finden Sie den Jungen!«

Frau Circemeyer seufzte leise und leerte eine Handvoll Scherben aus einem Lederbeutel. Die traurigen Reste ihres Zauberspiegels nach Ziffers letztem Wutanfall.

»Da ist nur noch das Problem eines klitzekleinen Displayschadens …«

* * *

Vlad war noch immer außer Atem. Er war an einem völlig überrumpelten Wachtmeister Schnappauf vorbei aus dem Rathaus gerannt und mit Faye und Wolf dann atemlos zum alten Brunnen weitergehetzt. Nur weg von diesem unheimlichen Rathaus!

»Da ist dieser riesige Kristall«, keuchte er jetzt. »Mein Blutsplitter ist ein Teil davon … das letzte Teil, das noch fehlt!«

Faye blickte fasziniert auf den Blutsplitter an Vlads Hals, der jetzt wieder zur Ruhe gekommen war und harmlos im Morgenlicht funkelte.

»Wie bist du eigentlich an den gekommen?«, wollte sie wissen.

Vlad zuckte mit den Schultern. »Mein Dad sagt, die Familie meiner Mutter besitzt ihn seit Jahrhunderten.«

»Wahrscheinlich hat man ihr einen der Splitter anvertraut, damit sie auf ihn aufpasst. Deine Mutter muss eine mächtige Zauberin gewesen sein«, fügte Faye fast ehrfürchtig hinzu.

»Was? Wie kommst du darauf?«

»So mächtige Kristalle werden nur großen Hüterinnen anvertraut, die es in jeder Generation nur einmal gibt.«

»Das hat mein Dad mir nie erzählt«, erwiderte Vlad stirnrunzelnd. Überhaupt – wenn er darüber nachdachte, wusste er sowieso recht wenig darüber, was seine Mutter gemacht hatte und wie genau sie ums Leben gekommen war.

Faye wechselte das Thema. »Auf jeden Fall kann der große Kristall im Rathaus die Zeit zurückdrehen und …«

»Wartet mal!«

Wolf, der bis jetzt still und fasziniert zugehört hatte, deutete auf Vlads Rucksack. Er war nicht mehr ein stylischer Schulrucksack, sondern war von Vlad unbemerkt zu einem alten, kantigen Schulranzen geworden, wie ihn Kinder vor vielleicht 30 Jahren getragen hatten!

»Dein Rucksack. Der hat sich auch zurückverwandelt! Vielleicht dann auch …«

Faye und Vlad vollendeten den Satz gleichzeitig. »… vielleicht dann auch das Buch!«

Vlad öffnete hastig den kantigen Verschluss der Schultasche. Das Allwissende Buch, das er heute Morgen hineingepackt hatte, war noch immer da, aber es sah anders aus. Der Ledereinband glänzte frisch und neu, und als Vlad es aufklappte, waren die Seiten nicht mehr alt und vergilbt, sondern strahlend weiß.

»Du hattest recht! Das Buch ist wie neu! Es ist wieder so, wie es früher mal war. Bevor jemand die Seite rausgerissen hat!«

Vlad blickte auf seine Finger. Die rote Tinte hatte abgefärbt. »Sogar die Tinte ist noch frisch …«, sagte er. Dann blickte er wieder auf die roten Flecken auf seinen Fingerkuppen.

Wolf schnüffelte an dem Buch. »Das ist keine Tinte, das ist …«

Faye machte eine rasche Handbewegung: *Halt die Klappe!*

»Äh, doch, das ist Tinte!«, rief Wolf schnell. »Schöne rote Tinte!«

Vlad ahnte, was es wirklich war: Das Allwissende Buch war in Blut geschrieben!

Vlad musste sich würgend übergeben.

Faye schlug die Seite auf, die gestern noch fehlte. Jetzt war sie wieder da, als ob nie jemand sie herausgerissen hätte. Sie überflog die Zeilen. »Fürst der Finsternis … blabla … Welt erobern … blabla … hier ist es!«

Vlad wischte sich den Mund ab. Alle drei blickten auf die Buchseite. Und schon begann das Allwissende Buch zu ihnen zu sprechen.

»So wisse dies und erschaudere: Zur 13. Stund, wenn Mani, der Wagenlenker, seine Schwester Sol einholt und von ihrem flammenden Throne stürzt, wird Luzifer in blutrotem Lichte seine Armee der Dunkelheit erschaffen und sich die Welt untertan machen!«

Eine neue Illustration erschien. Ein Berg, unter dem sich Menschen und Fabelwesen friedlich gegenüberstanden und die Hände schüttelten.

Doch auf dem Berg erschien eine Gestalt.

Luzifer.

Er streckte einer Art pechschwarzem Mond einen Kristall über seinen Kopf entgegen. Ein blutroter Lichtkegel senkte sich vom Kristall auf die Fabelwesen herab – und schon wuchsen ihnen Fangzähne und Krallen, Giftstachel und Tentakel, die sie den erschrockenen Menschen entgegenstreckten. Die Menschen flohen in Todesangst und doch ohne jede Chance.

Vlad, Faye und Wolf schwiegen eine Weile.

»Manny, der Wagenlenker? Wer ist dieser Manny?«, fragte Faye. »Und was lenkt der?«

»Äh … Leute?« Wolf hob sein Handy hoch. Er war totenblass. »Ich habe mal schnell nachgeguckt. Auf Magiepedia!« Wolf schluckte. »Mani … in der nordischen Mythologie war das wohl der Gott, der den Mondwagen über den Himmel lenkte. Und Sol war seine Schwester, die Sonne.«

Vlad runzelte die Stirn. »Wenn Mani seine Schwester Sol von ihrem flammenden Throne stürzt …«

»Das ist geschwurbelt für Sonnenfinsternis«, rief Faye.

Die drei erstarrten. Dann blickten sie auf eines der allgegenwärtigen Plakate, auf denen Bürgermeister Ziffer für das Sonnenfinsternis-Festival auf dem Rathausplatz warb.

In der Aufregung der letzten Tage hatte keiner der drei mehr an dieses bevorstehende Ereignis gedacht.

Wolf sprach aus, was alle dachten: »Die Sonnenfinsternis … die ist heute!«

Vlad spürte, wie ihm schwindelig wurde. Da war noch mehr …

»Wartet mal«, sagte er und zog einen dicken Filzstift aus dem Schulranzen. Fast widerstrebend näherte er sich dem Plakat. Bürgermeister Ziffer lächelte ihm gutmütig entgegen. Vlad schluckte und zeichnete mit dem Stift zwei Hörner auf das Foto des Bürgermeisters.

Dann trat er einen Schritt zurück und konnte hören, wie Wolf und Faye aufkeuchten.

Die Ähnlichkeit war verblüffend.

»Das gibt's nicht!«, rief Faye aus. »Bürgermeister Louis Ziffer ist … Luzifer!«

Alle drei mussten das erst einmal verarbeiten. Und es war noch schlimmer.

Faye blickte auf den alten Rathausturm, der sich über die Dächer der Stadt erhob. Vom Rathausplatz davor klang Hämmern und Sägen herüber. Die Vorbereitungen für das große Spektakel

»Der Kristall ist im Rathausturm. Und genau darunter sind in ein paar Stunden alle Bürger von Crailsfelden für das Sonnenfinsternis-Fest versammelt.«

»Und das magische Licht des Kristalls erwischt sie alle mit einem Schlag«, schluckte Wolf.

»Das dürfen wir nicht zulassen!«

»Was sollen wir denn machen?!«

Vlad hatte stumm den Blutsplitter in die Hand genommen und blickte darauf.

Eigentlich war es ganz einfach.

»Es gibt nur einen Weg …«, sagte er tonlos.

Faye blickte ihn fragend an. Dann verstand sie, worauf er hinauswollte.

»Nein …«

Kapitel zwanzig

»Moment … so, jetzt müsste es gehen.«

Mit spitzen Fingern setzte Frau Circemeyer vorsichtig die letzten Glassplitter zurück in den magischen Taschenspiegel.

Ziffer riss der Hexe ungeduldig den Spiegel aus der Hand und blickte hinein. Das Bild erschien hinter einem Spinnennetz aus Rissen, war aber trotzdem deutlich zu erkennen. Drei Kinder, die mit gesenkten Köpfen durch einen Wald trotteten.

»Das ist bei der Troldenbrücke!«, knurrte Ziffer. Dann schleuderte er den Zauberspiegel gegen die Wand, wo er erneut in tausend Stücke zerbarst. Frau Circemeyer seufzte.

»Genug mit den Spielchen!« Luzifer umklammerte wütend den Knauf seines Spazierstocks. Die Augen des Widderkopfs leuchteten rot auf. »Die Zeit drängt. Ich kümmere mich jetzt selbst um diese Kinder. Und Sie beschäftigen den Vater des kleinen Blutsaugers!«

»Alles klar, Chef!« Frau Circemeyer nickte und lief hinaus.

Nach ein paar Augenblicken kam sie zurück auf die Zinne und griff nach ihrem Hexenbesen an der Wand.

»Besen vergessen …«

* * *

Barnabas stand hinter der Schaufensterscheibe seines Antiquitätenladens und blickte hinaus. Kein Mensch war auf der Straße zu sehen, was kein Wunder war: Ganz Crailsfelden traf sich heute auf dem Rathausplatz, um die Sonnenfinsternis zu feiern. Aber Barnabas hatte keinen Sinn dafür. In seinem Herzen rangen zwei widersprüchliche Gefühle miteinander. Zum einem pochte es wie wild, wenn er an die entzückende Frau Circemeyer dachte. Er kannte sie noch nicht lange, aber sie hatte ihn irgendwie völlig in ihren Bann gezogen.

Aber da war noch ein anderes, viel tieferes Gefühl: die Sorge um Vlad. Vlad hatte sich in aller Frühe aus dem Haus geschlichen – dabei wollten sie doch heute beide ins Rathaus, um Frau Circemeyer den Blutsplitter zu verkaufen. Barnabas runzelte die Stirn. Sollte er nicht da draußen sein und nach seinem Sohn suchen? Stattdessen stand er hier herum und dachte an Frau Circemeyer.

Er schüttelte den Kopf. Vlad war wichtiger. Er würde losgehen und …

… und in diesem Augenblick öffnete sich die Tür. Frau Circemeyer trat ein, so atemberaubend hübsch wie immer. Barnabas strahlte übers ganze Gesicht. Frau Circemeyer, die gute Seele, würde ihm bestimmt gern dabei helfen, Vlad zu suchen.

»Frau Circemeyer! Wie schön, Sie zu sehen! Ich mache mir ein bisschen Sorgen um Vlad. Wollen Sie mir helfen, ihn …«

Bevor Barnabas weiterreden konnte, schlug Frau Circemeyer ihren langen, schwarzen Mantel zurück und zog, so schnell wie ein Revolverheld, eine kleine Phiole aus dem Gürtel. Ein kurzer Sprühstoß in Barnabas' Gesicht – und Barnabas hatte Vlad schon fast wieder vergessen. Er würde schon wiederkommen. Hauptsache, Frau Circemeyer war hier!

»Vergiss deinen Sohn.« Frau Circemeyer klimperte mit den Wimpern. »Aber du darfst mich gern für die nächsten hundert Jahre anhimmeln, Barni.«

Barnabas lächelte verliebt. Er konnte sich nicht vorstellen, was er lieber tun würde.

»Aber gern«, sagte er. Alles andere war vergessen.

* * *

Wieder waberte dichter Bodennebel durch den Wald, als Vlad, Faye und Wolf die alte Troldenbrücke erreicht hatten.

»Gibt es denn keinen anderen Weg?«, fragte Wolf traurig.

Vlad schüttelte den Kopf und Wolf heulte mitleiderregend auf.

Die drei kamen vor der alten Brücke zum Stehen. Der einzige Weg nach Crailsfelden hinein.

Und hinaus.

Faye atmete tief durch. »Wir könnten mitkommen …«, sagte sie hoffnungsvoll.

Vlad lächelte. »Wer soll denn dann auf Crailsfelden aufpassen?«

Vlad blickte seine Freunde noch einmal an. Dann umarmte er Wolf, der mit den Tränen kämpfte. Vlad erging es nicht besser, aber er versuchte, sich nichts anmerken zu lassen. Er blickte auf Faye. Sollte er sie auch umarmen oder …

Faye nahm ihm die Entscheidung ab, machte einen Schritt nach vorn und schlang ihre Arme um Vlad. Vlad erwiderte die Umarmung und ein paar Sekunden standen die beiden nur so da.

Dann machte Vlad sich vorsichtig los.

Es wurde Zeit.

Vlad ging los und drehte sich noch einmal zu Faye und Wolf um, die traurig am Crailsfeldener Ende der Brücke standen. Dann ging er weiter. Er musste es tun.

Wie aus dem Nichts und wie erwartet roch es plötzlich streng nach Fisch. Einen Moment später tauchte der bucklige Brückentroll vor Vlad aus dem Nebel auf, jetzt wieder in seiner normalen Gestalt. Er sah immer noch sauer aus.

»Halt! Du darfst hier nicht raus!«, knurrte der Troll. »Bist du so schwer von Begriff?«

Er zog sein Buch heraus, klappte es auf und begann mal wieder, die Prophezeiung vorzulesen:

»Wenn die Zeit sich rückwärts dreht, das Unheil hoch …«

Dann stutzte der Troll und blickte etwas ungläubig in sein Buch. »Äh, okay. Hier steht jetzt plötzlich, du darfst gehen, um damit die Stadt zu retten. Das ist ja mal 'ne Ansage. Und ganz ohne Gereime.«

»Ist doch auch mal was.« Vlad zog den Blutsplitter hervor. »Ich muss damit weg aus Crailsfelden, bevor die Sonnenfinsternis anfängt. Nur so kann ich die Stadt retten!«

Der Brückentroll sah Vlad prüfend an. Dann nickte er schließlich. »Aber denke daran: Wenn du einmal auf der anderen Seite bist, kannst du nie mehr zurück!«

»Das ist ja der Sinn der Sache«, erwiderte Vlad.

Der Troll grunzte seine Zustimmung und löste sich mit einem *Plopp* auf.

Vlad drehte sich noch einmal zu Faye und Wolf um. Dann ging er entschlossen weiter. Wohin, das würde die Zukunft zeigen. Vielleicht zu den Freunden aus seinem alten Leben. Und vielleicht könnte er seinem Vater irgendwann alles erklären und sie könnten beide wieder irgendwo anders wohnen, weit weg von Crailsfelden …

Plötzlich fuhr ein blendend heller Blitz in den Boden vor der Brücke. Ein gewaltiger Donnerschlag hallte durch den Wald und brachte die Holzbohlen unter Vlad zum Erbeben.

Vlad fuhr herum. Der Donnerschlag hatte Wolf von den Beinen geworfen. Und neben Faye stand jetzt Ziffer!

Zwei gewaltige Hörner prangten an seiner Stirn. Sein Widderstab glühte und knisterte vor schwarzer Magie. Ziffer, *Luzifer*, hatte Faye gepackt und drückte ihr fast die Luft ab.

»Faye!«, rief Vlad entsetzt.

Luzifer grinste diabolisch und hielt dabei den knisternden Widderkopf des Spazierstocks näher an Fayes Gesicht.

»Der Blutsplitter, Vlad Tepesz«, grollte er. »Du bringst ihn mir ins Rathaus. In einer Stunde …«

Der Widderkopf war jetzt nur noch Zentimeter von Fayes Gesicht entfernt. »Sonst kann keiner mehr der Elfe helfen!«

Faye zappelte verzweifelt in Luzifers Griff und schüttelte den Kopf. »Vlad! Nein!«

Luzifer stampfte den Spazierstock auf den Boden. Ein neuerlicher Blitz, gefolgt von einem ohrenbetäubenden Donnerschlag.

Dann war Ziffer verschwunden. Und mit ihm Faye.

Wolf heulte auf. Vlad rannte zu ihm und half ihm auf die Beine.

»W-was machen wir denn jetzt?«, fragte Wolf wimmernd.

Vlad atmete durch. Wenn er Luzifer den Blutsplitter nicht geben würde, würde der Teufel in Person Faye etwas antun. Und wenn er den

Blutsplitter an ihn übergab, würde dieser alle Wesen in Crailsfelden zu Sklaven in seiner dunklen Armee machen.

»Es gibt nur eins, was wir machen können …«

Kapitel einundzwanzig

Im Schatten des Rathauses herrschte Volksfeststimmung. Ganz Crailsfelden drängte sich gut gelaunt zwischen Essensbuden und Getränkeständen. Mumien und Gespenster, Zauberer und Ghule, Gestaltwandler und Wassernixen … alle nur erdenklichen Fabelwesen blickten immer wieder in den Himmel, wo die silberne Scheibe des Mondes schon den Rand der Sonne berührte. Die meisten Besucher trugen dunkle Sonnenbrillen aus Pappe, um ihre Augen zu schonen.

Niemand achtete auf Vlad und Wolf, die sich ihren Weg durch die Menge bahnten, Richtung Rathaus.

»Bist du sicher, dass das eine gute Idee ist, Vlad?«, fragte Wolf, der tapfer versuchte, seine Panik niederzukämpfen. Vlad erging es nicht viel besser. Schließlich würden sie gleich dem Teufel persönlich gegenüberstehen!

»Es ist meine einzige Idee, Wolf.«

Vlad versuchte, optimistischer zu klingen, als er wirklich war.

Die beiden schlichen sich an Wachtmeister Schnappauf vorbei, der ebenfalls mit einer Pappbrille auf der Nase in den Himmel starrte. Der Weg ins Rathaus war frei.

Wolf blickte sich noch einmal um. An einer Würstchenbude, nicht weit entfernt, standen Wolfs Eltern. Herr Wermann stopfte sich gleich zwei Würstchen in den Mund und deutete aufgeregt in den Himmel. Wenn Ziffer den Blutsplitter bekam, würden die beiden, wie alle anderen hier, in ein paar Minuten zu blutgierigen Bestien werden. Doch wenn sie Ziffer den Splitter nicht gaben …

»Komm«, sagte Vlad. Die Stunde, die Ziffer ihnen gegeben hatte, war fast verstrichen.

Vlad führte Wolf durch das menschenleere Rathaus. Selbst wenn er den Weg zum Turm nicht gekannt hätte – die beiden hätten nur dem Ziehen und Zerren des Blutsplitters zu folgen brauchen. An der Holztreppe zur Turmzinne zögerten sie noch ein letztes Mal. Die Luke war weit geöffnet, pulsierendes rotes Licht fiel hindurch. Vlad nickte Wolf noch einmal zu, und Wolf nahm seinen ganzen Mut zusammen, um seinem Freund über die Treppe nach oben zu folgen.

Der Kristall strahlte in seinem Knochengestell noch heller als beim ersten Mal … vielleicht weil das Sonnenlicht durch die beginnende Finsternis schon fahl eingetrübt war, vielleicht aber auch, weil der große Kristall spürte, dass er bald wieder komplett sein würde.

Bürgermeister Ziffer – Luzifer – stand neben dem Kristall. Und fest in seinem Griff:

»Faye!«

Ein hämisches, triumphierendes Grinsen machte sich auf Ziffers Gesicht breit, das immer mehr einer Teufelsfratze glich.

»Vlad! Wolf!«, rief Faye. »Ihr hättet nicht kommen sollen!«

»Warum denn nicht? Ihr solltet mir dankbar sein!«, grinste Ziffer höhnisch und deutete auf den pulsierenden Kristall. »Gleich wird er zu seiner ganzen Macht erwachen! Und ihr alle werdet wieder das sein, was ihr sein solltet! Unter meiner Herrschaft!«

Ziffer richtete den Knauf seines Krückstocks auf Faye. Energieblitze züngelten aus den Augen des silbernen Widderkopfs. Alles hier schien mit bösartiger, dunkler Magie aufgeladen zu sein. Vlad spürte, wie sich die Haare in seinem Nacken aufstellten. Wolf hielt sich tapfer, konnte aber ein leises Winseln nicht unterdrücken.

»Den Blutsplitter, Vlad Tepesz. Jetzt!«

Faye wand sich verzweifelt in Luzifers Griff.

»Nein! Tu das nicht, Vlad!«

Vlad zögerte kurz, doch dann riss er sich den Blutsplitter vom Hals. Er war nicht hergekommen, um Faye sterben zu sehen. Vlad warf den Blutsplitter in hohem Bogen durch die Luft und Luzifer schnappte ihn sich mit einer raubtierhaft schnellen Handbewegung.

»Endlich!« Luzifer betrachtete den pulsierenden Blutsplitter in seiner Hand. Mit einer achtlosen Bewegung ließ er Faye frei. Sie rannte sofort zu ihren Freunden.

»Was habt ihr nur getan?«, keuchte sie, während Luzifer mit dem Blutsplitter auf den großen Kristall zuhumpelte. Am Himmel schob sich die Scheibe des Mondes nun scheinbar immer schneller vor die Sonne.

»Ah«- und »Oh«-Rufe drangen von draußen in den Turm hinauf.

Auf dem Rathausplatz würden jetzt alle Bewohner von Crailsfelden gebannt zusehen, wie der Mond die Sonne komplett verdunkelte. Niemand da unten ahnte, dass dieses Himmelsspektakel das Schicksal aller Fabelwesen von Crailsfelden für immer besiegeln würde.

Im Turm rückten Vlad, Faye und Wolf unwillkürlich näher zusammen. Vlad blickte gebannt auf den Blutsplitter.

»Komm schon … jetzt komm schon …«, flüsterte er leise zu sich.

Ziffer holte ein letztes Mal Luft, um den Augenblick seines Triumphes zu genießen, dann presste er den Blutsplitter in die letzte klaffende Lücke des großen Kristalls.

Er passte perfekt. Der nun wieder komplette Kristall glühte so hell auf, dass Vlad geblendet die Augen schließen musste.

Aus dem Nichts brauste ein eiskalter Sturm auf und fegte über die Turmspitze. Als Vlad die Augen wieder öffnete, war es, als ob alles Tageslicht, alle Helligkeit aus der Welt gewichen sei. Es gab nur noch Dunkelheit. Und das unheilvolle Glühen des Kristalls.

»Es ist vollbracht!«, donnerte Luzifer.

Kapitel zweiundzwanzig

Die totale Finsternis war erreicht.

Manis Himmelswagen – der Mond – hatte sich vor die Sonne geschoben und verdeckte sie nun komplett. Es war, als ob die beiden Himmelskörper sich zu einer neuen, schwarzen Sonne vereint hätten, um die Erde in kaltes, dunkles Licht zu tauchen.

Vor dem Rathausturm starrten sämtliche Einwohner von Crailsfelden in den Himmel und bewunderten das seltene Schauspiel. Die dunkel getönten Pappbrillen, die ihr treusorgender Bürgermeister überall verteilt hatte, verhinderten jetzt, dass irgendjemand im Publikum das wabernde, rote Licht bemerkte, das sich von der Spitze des Rathauses aus langsam auf ihre Köpfe senkte.

Am Rathausturm setzte sich mit einem deutlich vernehmbaren Knirschen ein uralter, seit Jahrhunderten versteckter Mechanismus in Gang. Das Scheibenzifferblatt an der alten Uhr wechselte von der zwölften auf die dreizehnte Stunde. Und die Glocke begann, tief und dumpf, das Ende der Welt einzuläuten.

Auf der Turmzinne spürte Vlad den tiefen Glockenschlag in seinem Magen. Die knirschende Mechanik schraubte das Knochengestell, auf dem der Kristall ruhte, langsam nach oben.

Ein neuer Glockenschlag.

»Zwei …«, zählte Wolf leise und irgendwie erwartungsvoll mit. Faye blickte von Wolf auf Vlad. Wenn die beiden noch irgendetwas vorhatten, dann wurde es jetzt langsam Zeit!

Ziffer badete sich im Licht des Kristalls, genoss schon jetzt seinen unaufhaltsamen Triumph. Wolf warf Vlad einen panischen Blick zu.

»Warum … warum machen Sie das alles?«, rief Vlad über das Heulen des Windes und das Knirschen des unheilvollen Mechanismus hinweg.

»Du würdest es nicht verstehen«, knurrte Ziffer nur.

»Dann erklären Sie es mir!«, rief Vlad, um Zeit zu schinden, während Wolf panisch die dumpfen Glockenschläge mitzählte. Vier, fünf, sechs …

Luzifer konnte der Versuchung nicht widerstehen, sich selbst zu beweihräuchern. »Die Welt wurde aus Dunkelheit geboren! Und in Dunkelheit wird sie wieder versinken!«

Ein neuer Glockenschlag.

»Zehn …«, keuchte Wolf. Noch drei Glockenschläge bis zum Anbruch des Dunklen Zeitalters. Vlad spürte, wie Faye nach seiner Hand griff.

Elf …

»Die Kreaturen der Nacht sind dazu bestimmt, über diese Welt zu herrschen. Unter meinem Befehl! Denn ich bin Luzifer! Der Herrscher der Nacht!«

Luzifer lachte auf und der nächste Glockenschlag ertönte.

»Zwölf!«, rief Wolf panisch. Das war das Ende!

Luzifer hob triumphierend die Arme, um sein neues Zeitalter in Empfang zu nehmen. Der Kristall strahlte so hell wie nie, als …

Plopp!

… der Blutsplitter plötzlich blau auffunkelte – und genau mit dem letzten Glockenschlag verschwand!

»Dreizehn!« Wolf keuchte erleichtert auf.

Der große Kristall flackerte noch einmal auf und verlosch dann mit einem traurigen Brummen. Der Mechanismus des Knochengestells kam mit einem letzten Knirschen zum Stehen.

»Was?! Nein! Nein!!!« Luzifer war fassungslos. »Wie kann das sein?!«

Ein erleichtertes Lächeln machte sich auf Fayes Lippen breit. »Der Rückholzauber!«

Vlad nickte. »Bevor wir hergekommen sind, habe ich den Splitter an Herrn Hannappel verschenkt! Und jetzt ist er wieder zu seinem neuen Besitzer zurückgekehrt.«

»NEIN!!!«

Luzifers Aufschrei war wie ein Donner, der die Turmzinne zum Erbeben brachte. »Tausend Jahre Planung!«, knurrte Luzifer. Er stapfte auf Vlad, Faye und Wolf zu.

Faye schluckte. »Ihr habt bestimmt auch einen Plan, um wieder hier rauszukommen, falls Ziffy sauer wird?«

Vlad und Wolf blickten sich etwas ratlos an. So weit hatten sie jetzt nicht vorausgeplant …

Ziffer richtete seinen Widderkopfstab auf die drei. »Alles umsonst! Wegen drei nichtsnutziger Gören!«

»Vorsicht!«, rief Vlad, aber es war bereits zu spät. Ein knisternder Energieblitz schoss genau auf sie zu. Ohne zu überlegen, stieß Vlad Faye und Wolf zur Seite. Im nächsten Augenblick spürte er, wie die schwarzmagische Energie ihn wie ein Blitzschlag traf!

Vlad wurde so heftig durch die Luft geschleudert, dass er rücklings gegen die Wand der Burgzinne prallte. Mit einem Aufstöhnen blieb er liegen. Unfähig, sich zu rühren, musste er hilflos zusehen, wie Luzifer auf Faye und Wolf zustapfte …

Kapitel dreiundzwanzig

»Hat Ihnen schon mal jemand gesagt, was für eine aparte Nase Sie haben?«, fragte Barnabas nun schon zum dritten oder vierten Mal, nachdem er Frau Circemeyer wiederholt und vergeblich Kaffee, Kekse und ein Schnäpschen angeboten hatte.

Frau Circemeyer nickte nur ungnädig und schielte durch das Schaufenster auf den Rathausturm, der über den Dächern zu sehen war.

Barnabas folgte ihrem Blick etwas eifersüchtig *(Was gab es da draußen denn Wichtigeres als ihn hier drinnen?)* – und stutzte.

An der Spitze des Rathauses war das kurze Aufflackern eines Lichtblitzes zu sehen.

Seltsam … irgendetwas nagte an Barnabas' verliebten Gedanken. Frau Circemeyer war wichtig. Aber nicht so wichtig wie … Vlad? Der Junge war immer noch nicht nach Hause gekommen, erinnerte sich Barnabas. Und jetzt dieses Aufblitzen …

»Was ist das denn da am Rathaus?«, murmelte Barnabas. Er kam sich vor, als würde er langsam aus einem Traum aufwachen. »Sieht nach schwarzer Magie aus.«

Frau Circemeyer trat alarmiert vor ihn und versuchte, ihm die Sicht zu versperren. »Da ist nichts!«

Barnabas holte tief Luft. Irgendetwas stimmte hier ganz und gar nicht. Und er machte sich Sorgen um Vlad.

»Was … was suchen Sie denn da?«, fragte Frau Circemeyer, als Barnabas zu einem Regal ging und alle möglichen antiken Gegenstände zur Seite fegte. Dann hatte er endlich gefunden, was er gesucht hatte.

»Das Fernrohr des Thehut. Man kann damit alle sehen, die Böses im Schilde führen.«

Barnabas ging mit dem uralten, goldenen Fernrohr zum Fenster und blickte hindurch. Er suchte durch die Linse nach den Rathauszinnen – und erstarrte. Magisch vergrößert konnte er Vlad erkennen, der reglos an der Wand der Zinne heruntergerutscht war.

»Da ist Vlad! Und … Bürgermeister Ziffer?! Mit Hörnern?!« Barnabas nahm das magische Fernrohr herunter. Er fühlte sich, als hätte ihm jemand einen Eimer Eiswasser über den Kopf geschüttet, um ihn aus einem tiefen Fiebertraum zu wecken. Barnabas blickte auf Frau Circemeyer, ihr Gesicht war nun eine bösartige Fratze mit Hexennase.

»Sie haben mich verzaubert!«

Die Hexe grinste und zuckte mit den Schultern. »Was soll ich machen? Hexen hexen.«

Dann fauchte sie auf. Ihre Finger waren zu langen, scharfen Krallen geworden. Sie stapfte geduckt auf Barnabas zu, um ihn damit in Stücke zu reißen.

Aber Barnabas war nun kein verliebter und verzauberter Idiot mehr - er war immer noch ein Vampir. Und Vlads Vater!

Er knurrte auf. Innerhalb von Sekunden wuchsen ihm scharfe Eckzähne aus dem Kiefer. Sein Kragen klappte wie selbst hoch und seine Haare legten sich an seinen Kopf, wie mit Gel zurückgekämmt.

»Sie werden mich nicht davon abhalten, meinem Sohn zu helfen!«, knurrte er.

»Schauen wir mal.« Frau Circemeyer grinste siegessicher. Die Hexe und der Vampir fixierten sich noch einem Moment lauernd. Dann gingen sie aufeinander los.

* * *

Luzifers Augen funkelten voller Hass, als er auf Faye und Wolf zuhumpelte. Vlad lag immer noch halb bewusstlos auf dem Boden und Wolf war wie gelähmt vor Angst. Luzifer hatte verloren – und das Einzige, was er noch tun konnte, war, Rache zu nehmen.

»Wolf!« Faye packte Wolf an der Schulter. »Wir brauchen jetzt einen starken, furchtlosen Werwolf!«

Wolf blickte Faye ängstlich an. Am liebsten hätte er sich irgendwo verkrochen, das war ihm anzusehen. Faye versuchte, Wolf aufmunternd anzulächeln, als Luzifer auch schon seinen magischen Krückstock hob. Und einen Blitz abfeuerte.

»Flieg, kleine Fee!«

Faye spurte nur noch, wie der Blitzstrahl sie traf und über die Zinnen des Turms hinausschleuderte. Einen Moment schien sie hoch über dem Boden zu schweben, gelähmt von der Energie des Blitzes und ihrer eigenen Panik. Dann packte sie die Schwerkraft und sie stürzte in die bodenlose Tiefe.

»Faye! Nein!« Auf der Turmzinne heulte Wolf auf und schlug sich die Hände vors Gesicht. Luzifer hatte Faye getötet. Einfach so. Und als Nächstes war er selbst an der Reihe.

Tränen rannten über Wolfs Gesicht. Tränen der Trauer um seine Freunde – und Tränen der Wut! Noch nie hatte er jemanden so gehasst wie Luzifer. Dieses Gefühl war stärker als seine Angst, stärker als alles andere, das Wolf je gefühlt hatte.

Es war wilde, unbändige Wut!

Wolf spürte, wie seine Knochen knirschten. Es kribbelte im ganzen Gesicht, als ihm ein wilder, buschiger Bart wuchs. Sein Kiefer dehnte sich, um Platz zu schaffen für die Reißzähne, die sich ihre Bahn brachen. Wolf stöhnte auf, als seine Finger immer länger wurden und aus den Nägeln scharfe Krallen wuchsen.

Alles tat weh – und gleichzeitig fühlte es sich gut an, kein ängstlicher kleiner Junge mehr zu sein.

Sondern ein Werwolf!

»Was hast du gemacht?!« Wolfs Stimme war ein tiefes, kehliges Knurren. Statt weiter vor Luzifer zurückzuweichen, baute sich Wolf vor ihm auf. Einen Moment lang blitzte etwas in Luzifers Augen auf, was der Teufel seit Jahrhunderten nicht mehr gespürt hatte.

Angst.

Luzifer hob hektisch seinen Stab, um Wolf mit einem Blitz zur Strecke zu bringen. Doch Wolfs Prankenschlag war so schnell, dass das Auge kaum folgen konnte. Luzifer ließ seinen Krückstock fallen, als er quer über die Burgzinne geschleudert wurde.

Wolf stieß ein triumphierendes Knurren aus. Luzifer riss die Augen auf und rutschte auf dem Boden zurück, so weit er konnte.

»Warte!«, rief er. »Jemanden wie dich könnte ich brauchen, Junge!«

Wolf zögerte. Sein Vater würde bestimmt stolz auf ihn sein, wenn er ihn jetzt sehen könnte. Aber wollte er das wirklich? Er fühlte sich gut, aber nur, weil jemand anderes Angst vor ihm hatte. Wolf zögerte. Und im selben Augenblick spürte er ein gewaltiges Kribbeln in seiner Nase. Sein ganzes Gesicht war ja mit Fell bedeckt, fuhr es ihm durch den Kopf. Mit Tierfell!

HATSCHIEE!!!

Mit einem gewaltigen Niesen fing es an. Dann schüttelte sich Wolf, von einer Niesattacke nach der anderen heimgesucht. Sein Fell, sein Kiefer, seine Krallen … alles verwandelte sich wieder zurück in den Körper eines blassen, schmächtigen Jungen. Wolf krümmte sich zusammen und bekam kaum noch Luft.

Ziffer hatte die Rückverwandlung mit großen Augen mitverfolgt. Erst fassungslos. Dann erleichtert. Und jetzt voller Schadenfreude. »Wie ich schon sagte, Junge: Jemanden wie dich könnte ich brauchen. Als Bettvorleger!«

Luzifer lachte und kroch zielstrebig auf seinen Widderkopfstab zu.

Kapitel vierundzwanzig

Der Mond war weiter an der Sonne vorbeigezogen.

Mit jeder Sekunde strahlte das Sonnenlicht wieder stärker und tauchte die verlassene Gasse vor Barnabas' Antiquitätengeschäft in ein seltsames Zwielicht.

Urplötzlich zersplitterte die Schaufensterscheibe. In einem Regen aus Glassplittern flog Barnabas durch die Luft und landete unsanft auf dem Kopfsteinpflaster.

Keuchend und stöhnend rappelte er sich wieder auf.

Die kleine Glocke über der Ladentür bimmelte unschuldig, als Frau Circemeyer siegessicher aus dem Laden trat. Ihr Haar war zerzaust, aber sie hatte den Kampf offensichtlich um einiges besser überstanden als Barnabas.

Fast tänzelnd ging sie auf den Vampir zu. Dann schlug sie ihren Mantel zurück. In ihrem Gürtel steckte ein ganzes Sortiment an eleganten Sprühfläschchen.

»Was wären Sie lieber? Schwein, Frosch oder Grottenolm?«

Barnabas hatte immer noch Mühe, sich wieder auf die Beine zu kämpfen. Aber er hatte jetzt keine Lust mehr auf Spielchen.

»Ich will zu meinem Sohn!«, knurrte er. »Und Sie sind mir im Weg!«

Frau Circemeyer griff nach einem der Fläschchen. Doch Barnabas atmete durch und konzentrierte sich mit letzter Kraft.

BOMF!

Barnabas löste sich in einer kleinen Rauchwolke auf, um im selben Moment wieder im Rücken der Hexe aufzutauchen. Frau Circemeyer fauchte überrascht auf und fuhr herum. Aber darauf hatte Barnabas nur gewartet. Er packte die Hexe an ihrer langen Nase, nahm seine letzte Vampirkraft zusammen und schleuderte Frau Circemeyer hoch in die Luft.

Die Hexe gab einen halb wütenden, halb panischen Schrei von sich, während sie hilflos über die Häuserdächer wirbelte.

Barnabas wartete nicht ab, bis er den Aufschlag hörte. Fürs Erste war Frau Circemeyer ausgeschaltet. Jetzt zählte nur noch eins.

»Vlad! Ich komme!«, rief Barnabas und rannte los. Hoffentlich war es noch nicht zu spät.

* * *

Vlad stöhnte. Er versuchte, sich auf die Beine zu kämpfen, aber der magische Blitzschlag und der Aufprall gegen die Wand waren einfach zu heftig gewesen. Sein Kopf schmerzte und seine Beine versagten ihm den Dienst. Wie durch einen Nebel hatte er gesehen, wie Faye in die Tiefe gestürzt war und wie Wolf es beinahe geschafft hätte, Luzifer zu besiegen.

Beinahe.

Jetzt wurde Wolf von Nieskrämpfen geschüttelt, während Luzifer auf seinen tödlichen Spazierstock zukroch. Wenn er ihn erst erreicht hatte, würde es keine Rettung mehr geben. Sie hatten den Plan des Teufels vereitelt, aber jetzt zahlten sie den Preis dafür.

Plötzlich bemerkte Vlad etwas aus seinen Augenwinkeln. Ein Schimmern, strahlend wie ein Regenbogen. War das nur eine Halluzination?

Nein, das Licht war echt. Es war Faye. Torkelnd flatterte sie mit ihren Lichtflügeln über die Zinnen. Sie lebte! Irgendwie musste sie es geschafft haben, ihre Flugangst wenigstens so lange zu überwinden, um dem sicheren Tod zu entgehen und wieder zur Spitze des Turms zu fliegen. Vlad ahnte, was für eine Überwindung sie das gekostet haben musste.

Aber wozu? Wieder zurückzukommen, war zwar mutig, aber völlig lebensmüde.

Faye, lauf weg, wollte er ihr zurufen, bevor Luzifer sie entdecken konnte – aber aus seiner Kehle drang nur ein trockenes Krächzen.

Faye rannte zu Vlad und kniete sich neben ihn. Besorgt hob sie ihre Hand über ihn. Wie aus dem Nichts rieselte ein durchscheinender, glitzernder Staub auf sein Gesicht.

Feenstaub.

Vlad atmete den glitzernden Staub ein. Fast sofort waren die Schmerzen in seinem Kopf und seinem Rücken wie weggeblasen. Er fühlte sich immer noch etwas schwach, aber unvergleichlich besser als noch vor Augenblicken.

Auf der anderen Seite der Zinne knurrte Luzifer auf. Fast hatte er seinen schwarzmagischen Spazierstock erreicht.

Vlad blickte von Luzifer wieder auf Faye und schreckte zurück. Durch den magischen Energiestoß Luzifers musste Fayes Lippe aufgeplatzt sein. Ein winziger Blutstropfen schimmerte darauf. Vlad spürte die Übelkeit in sich aufsteigen.

»Du hast da … Blut …«

Faye lächelte nur. »Ich weiß.«

Und dann, bevor Vlad überhaupt wusste, wie ihm geschah, drückte sie ihm ihre Lippen auf den Mund.

»Fürs Glück«, sagte sie nach dem Kuss, der nur einen Herzschlag lang gedauert hatte.

Aber das hatte gereicht. Vlad hatte einen Geschmack im Mund, als hätte er eine Kupfermünze auf der Zunge. *Blut!*, dachte er entsetzt. *Ich habe Blut geschluckt!*

Eigentlich hätte ihm nun speiübel werden müssen. Aber dafür war jetzt nicht der richtige Augenblick. Vlad zuckte zusammen, als plötzlich eine ungeahnte Energie durch seine Adern strömte. Die Welt um ihn herum wurde glasklar und er nahm jedes Detail mit nie gekannter Schärfe wahr.

Vlad spürte, wie seine Haare sich von selbst zurücklegten und sich sogar sein Kragen aufrichtete. Dann ein plötzlicher Schmerz in seinem Kiefer: Wieder wuchsen ihm Fangzähne, die mit jedem Pulsschlag aufpochten.

Auf der anderen Seite der Turmzinne war Wolfs Niesen in ein Winseln übergegangen.

»Armseliger Welpe«, knurrte Luzifer. Er packte den magischen Krückstock, zog sich daran hoch und richtete den Knauf auf Wolf.

Mit einem Satz sprang Vlad auf die Beine. Für jeden Menschen wäre es zu spät gewesen, um Wolf noch zu helfen. Aber Vlad war kein Mensch.

Er war ein Vampir.

Mit einem *BOMF* löste er sich auf, um sofort direkt neben Wolf aufzutauchen. Vlad stieß Wolf im selben Augenblick zur Seite, in dem Luzifer seinen magischen Blitzschlag abfeuerte.

Der Blitz knisterte durch die Luft und traf die Steinwand der Zinne, genau an der Stelle, an der Wolf gerade noch gestanden hatte. Steinsplitter spritzten neben Vlad aus der Wand, doch er verzog keine Miene.

»Lass meine Freunde in Ruhe!«, rief er.

Wolf blickte bewundernd zu Vlad auf, doch Luzifer war zu wütend, um sich von Vlads neuer Kraft beeindrucken zu lassen. »Ihr könnt mir nicht entkommen!«, rief er und richtete den Stab auf Vlad. Wieder bomfte sich Vlad im letztmöglichen Moment zur Seite und der Blitzstrahl ging ins Leere.

Doch als Vlad an einer anderen Stelle der Turmzinne wieder auftauchte, atmete er schwer. Jedes Bomfen kostete mindestens so viel Energie wie ein 100-Meter-Sprint. Lange würde er das nicht mehr aushalten. Luzifers Energie dagegen schien unendlich zu sein.

Faye schien seine Gedanken gelesen zu haben. »Vlad! Der Kristall!«, rief sie und deutete auf den großen, immer noch schwach pulsierenden Stein in seinem Knochensockel. Vlad ahnte, worauf sie hinauswollte. Oder hoffte es zumindest.

Mit einem kleinen Seitenschritt brachte er sich direkt zwischen Ziffer und den Kristall. Er spürte, wie ihm langsam schwindelig wurde. Nur noch ein Bomf … dann war er am Ende.

Luzifer spürte Vlads Erschöpfung. Mit einer triumphierenden Grimasse auf dem Gesicht hob er seinen Stab und richtete ihn auf Vlad.

»Das ist dein Ende, Vlad Tepesz!«

Vlad hielt die Luft an und wartete bis zum wirklich allerletzten Moment. Als er den Blitzschlag aus dem Widderkopf herauszischeln sah, bomfte er sich aus der Schusslinie. Gleichzeitig tauchte er hinter Ziffer wieder auf und sah noch, wie Luzifers Energieblitz den großen Kristall traf.

Der Kristall strahlte auf, saugte die Energie des magischen Blitzes gierig auf wie eine Batterie. Dann zerbarst er in tausend Stücke und sandte einen gewaltigen Blitzschlag aus, der in Ziffers Spazierstock fuhr wie in einen Blitzableiter.

Ziffer riss die Augen auf … dann wurde er von der knisternden Zeitenergie eingehüllt.

Einen Moment lang war die Turmspitze in blendendes Licht getaucht. Vlad, Faye und Wolf mussten ihre Augen schließen.

Als sie sie wieder öffneten, war Ziffer verschwunden.

Wo er gerade noch gestanden hatte, steckte jetzt nur noch der Widderkopfstab in einem kleinen Aschehäufchen und fiel langsam um.

Vlad und Wolf blickten fassungslos auf die traurigen Überreste Ziffers.

»Was ist denn da passiert?«, fragte Vlad.

Faye zuckte lächelnd mit den Schultern. »Kurzschluss. Das hatte ich gehofft. Ich will mal Kristallmagie studieren, schon vergessen?«

Vlad musste lachen. Sie hatten es geschafft. Sie hatten es tatsächlich geschafft! Als Vampir, Elfe und Werwolf mochten sie ziemliche Loser sein, aber sie hatten soeben den leibhaftigen Teufel besiegt.

Mit einem Jubelschrei fielen sich Vlad, Faye und Wolf in die Arme.

In diesem Moment bomfte etwas neben ihnen auf.

Barnabas.

Mit zerrauften Haaren, zerschrammtem Gesicht und zerrissenem Mantel ging Vlads Vater sofort in Kampfstellung, schlug sich den Mantel vors Gesicht und bleckte die Fangzähne. Ein bisschen sah er aus wie der Darsteller eines schlechten Dracula-Films. »Vlad! Ich bin da!«, rief er und blickte sich auf der Zinne nach möglichen Gegnern um.

»Äh, super, Dad«, sagte Vlad nur.

Er freute sich, dass sein Vater ihm zu Hilfe kommen wollte. Aber der Auftritt war dann doch ein bisschen peinlich.

»Ist alles okay?« Barnabas räusperte sich. »Ich habe mir solche Sorgen gemacht. Was war denn los?«

»Ich war ein Werwolf!«, plapperte Wolf stolz los. »Na ja, ein bisschen zumindest. Und Faye wäre fast geflogen! Und Vlad war ein Vampir! Er hat Blut getrunken …«

Wolf verzog das Gesicht. »Was ja eigentlich ziemlich eklig ist …«

Barnabas blickte stolz auf Vlad. Vlad dagegen schluckte. Er spürte, wie seine Vampirzähne wieder zurück in den Kiefer schrumpften und eine ungeheure Übelkeit in ihm aufstieg.

Blut …

Faye und Wolf wandten sich ab, als Vlad sich in eine Ecke der Turmzinne übergeben musste.

»Vielleicht müssen wir nicht alles erzählen«, sagte Faye.

Kapitel fünfundzwanzig

Vlad, Faye und Wolf traten mit Barnabas aus dem Rathaus in die strahlende Herbstsonne. In ausgelassener Stimmung standen die Crailsfeldener Bürger auf dem Rathausplatz, tranken, aßen und unterhielten sich über das gerade erlebte Himmelsschauspiel der Sonnenfinsternis.

Wolfs schon stolzgeschwellte Brust sackte in sich zusammen. »Aber … wir haben die Stadt gerettet! Und die haben gar nichts mitgekriegt?!«

»Das ist vielleicht auch besser so, Wolf.«

Herr Hannappel hatte sich etwas außer Atem den Weg durch die Menge gebahnt. Erleichtert lächelte er Vlad, Faye und Wolf an. »Wisst ihr, der eine oder andere hier hätte vielleicht gar nichts dagegen, wieder wild und gefährlich zu sein«, sagte Hannappel so leise, dass es die umstehenden Festivalbesucher nicht hören konnten. »Vielleicht sollte man schlafende Hunde nicht wecken.«

Hannappels Blick fiel auf Wolfs Vater, Herrn Wermann, der am Bratwurststand gerade die nächste Wurst herunterschlang. Wolf atmete tief durch und nickte. Hannappel legte ihm anerkennend die Hand auf die Schulter.

Dann griff der Hausmeister der Penner-Akademie in seine Tasche und zog etwas heraus. Den Blutsplitter.

»Hier. Der gehört dir, Vlad. Ich schenke ihn dir zurück.«

Vlad nahm den Kristall entgegen und hängte ihn sich um den Hals.

Barnabas umarmte Vlad und drückte ihn an sich. Was Vlad in Gegenwart seiner beiden Freunde ein bisschen peinlich war – aber irgendwie auch schön. »Deine Mutter wäre stolz auf dich, Vlad«, sagte Barnabas. »Und ich bin es auch.«

Vlad löste sich vorsichtig aus der Umarmung. Zusammen mit Faye, Wolf, seinem Vater und Herrn Hannappel ging er über den Marktplatz. Es roch nach Würstchen, frischem Brot und kandierten Süßigkeiten, und Vlad konnte schon jetzt kaum noch glauben, dass Luzifer vor ein paar Minuten kurz davorgestanden hatte, all dies in seine eigene, private Hölle zu verwandeln.

Faye räusperte sich. »Übrigens, dass ich dich vorhin geküsst habe, Vlad … das war aus rein taktischen Gründen, klar?«

Vlad wurde rot und sein Vater blickte ihn erstaunt an. »Ach, ihr habt euch geküsst?«, fragte er neugierig.

»Dad …!« Vlad verdrehte die Augen.

»Schon okay. Geht mich ja nichts an«, winkte Barnabas ab. Und nach einer verständnisvollen Pause von drei Millisekunden fragte er: »War das jetzt mehr so auf die Backe oder …?«

Vlad drängte Faye und Wolf zwischen die Buden und möglichst weit weg von den Fragen seines Vaters.

»Bis später, Dad!«

Vlad steuerte seine beiden Freunde weiter über das Fest. Als sie den Rand des Rathausplatzes erreicht hatten, konnte sich Wolf, dem die ganze Zeit schon etwas auf dem Herzen lag, nicht mehr zurückhalten.

»Sagt mal, Leute, wenn wir jetzt ein Team sind, dann brauchen wir doch eigentlich auch einen Namen«, sagte er unsicher. »So wie …«

»Die Schweinebande!«, rief Faye.

»Na ja, ich dachte eher an was Cooles. Vielleicht …«

Wolf folgte Fayes Blick und brach mitten im Satz ab, als er verstand, was sie meinte. Vor ihnen hatten sich Jürgen, Oliver und Michael alias Pickelgesicht, Schweinebacke und Hackfresse aufgebaut. Gelangweilt von all der guten Laune um sich herum und auf der Suche nach neuen Opfern.

»Schau mal an. Drei kleine Verlierer, die definitiv zu gut gelaunt sind«, grinste Jürgen Pickelgesicht.

Michael Hackfresse beugte sich zu Wolf herunter. »Du gehörst jetzt mir, Fellbüschel, auf deiner Stirn steht mein Name drauf.«

Vlad machte sich schon auf eine Rauferei gefasst, um seinen Freunden zu helfen, aber Faye lächelte Hackfresse nur frech ins Gesicht: »Echt jetzt, da steht Pickelgesicht drauf?«

Schweinebacke deutete auf Michael. »He, das ist nicht Pickelgesicht! Er ist Hackfresse.«

Michael traute seinen Ohren nicht. »Hast du mich gerade Hackfresse genannt?!«

Schweinebacke zeigte verwirrt mit dem Finger auf Faye. »Was? Nein! Das war die!«

Faye schüttelte den Kopf. »Nee, war ich nicht.«

Vlad nickte. »Pickelgesicht hat recht.«

Schweinebacke deutete auf Jürgen. »Aber Pickelgesicht ist der! Ich bin …«

»Halt's Maul, Schweinebacke!«, knurrte Jürgen.

»Äh, könnten wir denn dann weiter?«, fragte Wolf freundlich.

Jürgen herrschte ihn an. »Du hältst die Klappe, wenn ich mit Schweinebacke und Hackfresse rede!«

»Hey! Wie nennst du mich?« Michael lief vor Wut rot an.

»Haltet verdammt noch mal die Fresse!«, rief Jürgen.

»Du kriegst gleich was auf die Fresse, Pickelgesicht!«

Faye, Vlad und Wolf sahen zu, dass sie weiterkamen, solange die Schweinebande noch mit sich selbst beschäftigt war.

Morgen in der Schule würde es neuen Ärger mit den drei Idioten geben. Aber sie hatten Luzifer besiegt, sie würden auch noch irgendwie mit der Schweinebande fertigwerden.

»Aber jetzt noch mal wegen dem Namen«, räusperte sich Wolf. Ein erwartungsvolles Strahlen machte sich auf seinem Gesicht breit.

»Was haltet ihr von …

DIE WOLF-GÄNG

Epilog

In bester Stimmung legte Vlad seinen Rucksack auf den Schreibtisch und blickte sich um. Sein neues Zimmer war endlich fertig eingerichtet. Die Sonne strahlte durch die offenen Fenster. Draußen hing ein erster Duft von Herbst in der Luft und auf den Gassen und Straßen ging das alltägliche, aufregende Leben von Crailsfelden seinen Gang. Vlad atmete tief durch. Er war zu Hause. Sein Blick fiel auf das gerahmte Foto seiner Mutter, das immer noch auf dem Nachttisch stand.

»Hier hätte es dir auch gefallen«, murmelte er in Richtung Foto.

Dann öffnete er seinen Schulrucksack, um die Hausaufgaben herauszuholen – als er plötzlich spürte, wie der Blutsplitter um seinen Hals warm wurde und hell aufglühte.

Was war denn jetzt schon wieder los?

Erschrocken zog Vlad den Anhänger ab und warf ihn aufs Bett. Rötlicher Nebel strömte aus dem Kristallsplitter. Und aus dem Nebelgespinst formte sich ein Gesicht. Das Abbild war verschwommen, aber Vlad erkannte es sofort.

»Mama …?!«

»Vlad!« Das nebelhafte Gesicht seiner Mutter war traurig und besorgt. »Ihr seid hier nicht sicher! Sie kommen …«

»Was … wer kommt …?!«, stammelte Vlad.

Aber das Gesicht seiner Mutter verflüchtigte sich schon wieder wie Morgennebel in der Sonne. Ihre letzten Worte waren nur noch ein leises, verhallendes Flüstern.

»Mama! Nein!«, stieß Vlad aus.

Er packte den Blutsplitter, um die Erscheinung seiner Mutter irgendwie wieder zurückzuholen. Aber sie war fort.

Vlad blickte auf den Blutsplitter in seiner Hand. Die letzten Worte seiner Mutter hallten in seinem Kopf wider.

»Die Nachtjäger …«

ENDE!

Für heute …

© Tanja Winkler

Wolfgang Hohlbein ist mit einer Gesamtauflage von 44 Millionen Büchern Deutschlands erfolgreichster Fantasy-Autor. Zusammen mit dem Autor Dieter Winkler und seiner Tochter Rebecca hat er die Buchreihe DIE WOLF-GÄNG veröffentlicht, die Pate für den gleichnamigen Kinofilm stand. Das zum Film gehörende Buch hat er zusammen mit dem WOLF-GÄNG-Drehbuchautor Marc Hillefeld verfasst.

wie man 13 wird und überlebt

Schlimm genug, wenn deine Eltern mit dir ein Gespräch über das Erwachsenwerden führen wollen – das kann nur peinlich werden! Aber bei Markus kommt es richtig dick: Ausgerechnet an seinem 13. Geburtstag eröffnen ihm seine Eltern, dass er etwas »ganz Besonderes« sei. Sie behaupten ernsthaft, er wäre ein Halbvampir! Spinnen die?!

Als wäre es nicht schon schwer genug, ein ganz normaler Teenager zu sein, muss sich Markus auf einmal mit wachsenden Eckzähnen, plötzlichem Blutdurst und einer Allergie gegen Pizza mit Knoblauch herumschlagen.

Wie soll man es da schaffen, in der Schule und bei den Mädchen beliebt zu sein?

DER PERFEKTE SOUNDTRACK,
UM DABEI DEN ROMAN ZU LESEN ...

DER SOUNDTRACK ZUM FILM

JETZT ÜBERALL ERHÄLTLICH